本书获

2018年贵州省出版传媒事业发展专项资金资助

贵州古近代名人日记丛刊

第四辑

铅差日记

原著 赵亨铃

点校 祝童

丛书主编 汪文学 刘泽海

贵州人民出版社
贵州出版集团

目　录

凡　例

一、丛书命名为“贵州古近代名人日记丛刊”，实由两部分构成：一是黔籍文人撰写的日记，包含黔人在黔地和外地撰写的日记。二是外籍文人在黔地撰写的日记。或为黔地文人写的日记，或为外籍文人在黔地写的日记，虽题名易生歧义，然目的是为全面呈现黔人的日常生活和黔地的地方性知识。

二、丛刊收录日记文献，起于明代，迄于1949年。明代以前贵州无日记文献传世，现存黔人撰写日记最早者，是杨文骢《台荡日记》；外籍文人在贵州期间所写日记传世最早者，是徐霞客《黔游日记》。贵州日记以清季民国居多，故丛书命名为“贵州古近代名人日记丛刊”。

三、丛刊所收日记，有稿本、抄本、刻本等。凡为古近代黔地文人所撰日记，外籍文人写于贵州期间的日记，皆尽力搜寻，整理收录。

四、丛刊所收日记，凡黔地文人所撰者，皆全文收录；凡外籍人士所著者，或全录，或节录，视具体情况确定。

五、丛刊以类编录，分辑出版，分册印行。凡篇幅较大可独立成册者，单独成册；篇幅较小者，则以类相从，合编成册。或一人数种而合为一册，如黎恂；或时代相近而合编成册，如清代宦游于黔者之日记；或主题相近而合编成册，如抗战期间流亡于黔者之日记。要之，视情况而定，以便观览。

六、丛刊收录日记若干种，于书首冠以“总序”，总论日记的史料价值和学术意义，说明丛刊的编纂缘起和编辑旨趣。于每部日记前冠以“前言”，介绍作者生平行状、日记写作之背景，评估日记所具之史料价值和学术意义，说明本书整理所据之版本情况。

七、丛刊以标准规范之简化字和现代通用的标点符号进行整理，横式排印。异体字、通假字、古今字、繁体字径改为标准规范之简化字。人名、地名、机构名中若无对应的简体字，则不作改动。

八、原稿漶漫不清不能准确辨识者，用（ ）注明；有完全不能辨识者，用□代表；有脱字、衍字、误字者，以脚注改正；有眉批者，以脚注示之；有双行小字者，以小于正文字号单行排印。

九、原日记中有对少数民族或地方人士之轻侮性称号或恶意性评说，或因政治立场之差异而发表的攻击性言论。丛刊本于文献整理之通行原则，保持文献原貌，不作更改。

总　序

搜集、整理、研究和出版贵州古近代地域文献，是我们近年来特别关注的事情，亦是我们学术团队开展的中心工作，“贵州古近代名人日记丛刊”便是其中的一项重要成果。经过长期的搜集和整理工作，如今丛刊即将陆续出版。故著此序言，略述本丛刊之编纂缘起和编辑旨趣。

一

在中国历史研究中，历来存在着两种叙事模式或研究方法：一种是以王朝政治为载体，以帝王将相为中心的叙事模式，通过以帝王将相为中心的王朝政治的研究，自上而下的寻绎传统中国社会的演进轨迹,此为宏大叙事和宏观研究。一种是以日常生活为载体,以个人或地域为中心的叙事模式，通过对个人日常生活的研究，对特定地域的地方性知识的发掘，自下而上地呈现传统中国社会的发展历程，此为微观叙事和微观研究。随着“新史学”之学术观念和研究方法的逐渐成熟，及其深入人心的影响，相对于宏大叙事和宏观研究而言，对历史细节的微观研究，对作为历史之主体的个人的日常生活之意义的呈现，对特别地域的地方性知识的关注，通过日常生活细节和地方性知识以呈现整体历史的长时段演进规律，逐渐为学者所认同和采纳，并成为一种颇具学术活力的学术研究新动向。

此种学术观念和研究方法的转向，是学术研究向纵深发展的必然结果。宏大叙事和宏观研究，在呈现长时段历史发展之趋势上，自有其不可磨灭的价值。但因其有不可避免的空疏之嫌，而常常遭遇学者的诟病。因为历史总是由若干个体的日常生活经验和若干地域的地方性知识所构成，宏大的历史叙事总需建立在日常生活细节和地方性社会经验之基础上,离开了对个人日常生活意义的诠释和地方性知识传统、社会经验的发掘，宏大叙事犹如聚沙成塔、空中楼阁，其可靠性令人置疑，其危险性显而易见。

历史由具体的人物和事件构成，历史又是发生在特定的时间和空间之中。因此，历史研究当以时间和空间中的事件和人物为核心。或者说，人物和事件只有在特定的时间和空间中才有意义，其意义亦才能获得合理的解释。所以，历史研究当是对特定时间和空间背景下活动着的人物和发生的事件做出合理的解释，并进而呈现其活动或发展的规律。时间、地点、人物和事件，是历史研究的基本要素。比照传统中国的史学体例，以时间为核心要素的是编年体，以地点为核心要素的近于国别体，以人物为中心的是纪传体，以事件为中心的是纪事本末体。

孟子提出的“知人论世”说，虽是就读《诗》而言，实际上亦可作为历史研究和文学批评的基本准则。今人解读文学作品，一般是首先考察创作此作品之作家的生平经历和思想性格，是为“知人”；其次考察作家创作此作品时所处的时间和空间背景，此为“论世”。所以，“知人论世”作为一种文学批评方法，虽然遭到新批评家提出的“感受谬误”和“意图谬误”说的冲击，但仍然不失为一种有效的、重要的文学批评方法。因此，在作家和作品的研究中，为作家编年谱，为作品系年，仍然是学术界特别强调的文学研究的前提，是文学研究者的基本功夫，其目的就是为了给作家和作品进行时间和空间上的准确定位。通过对时间和空间的精准定位，达成对作家思想和作品内容的准确理解。文学研究如此，历史事件之研究亦不例外。任何历史事件皆是特定历史人物在特定时间和空间中发起的。所以，关于历史事件的解读，“知人论世”亦是一种行之有效的方法。钱穆《刘向歆父子年谱》就是一个典型案例，他通过排列刘氏父子年谱的形式，呈现出西汉末年刘氏父子在学术思想活动中的若干细节，及其当时的政治、文化背景，从而揭穿了长期以来流行于学术界关于刘歆伪造古文经的学术谎言。

总之，地方性知识虽然琐碎，日常生活细节虽属个案，但它们是构成历史的基本要素。历史发展的普遍性规律，往往就是在这些琐碎的地方性知识和具有个案特征的日常生活细节中呈现出来的。因此，历史研究由宏大叙事向历史细节的演变，由宏观研究向微观研究的发展，从学理上看，是学术研究向纵深发展的必然趋势。

二

呈显日常生活细节的方式很多，年谱和日记无疑是其中最重要的两种方式。但是，就其呈显的精准性、具体化和私密性而言，日记远胜于年谱。或者说，日记是对个人日常生活细节最精准、最具体、最真实的呈现。概括起来，日记的特征主要体现在以下几个方面。

其一，精准性。日记的精准性远胜于年谱，这是由日记的写作方式决定的。一般而言，年谱往往是由他人编写的，虽然亦有谱主自编年谱的情况，但并不常见。而日记则完全是由本人撰写的。自撰日记记录本人的日常生活，肯定比由他人撰写的年谱，更具精准性。再说，无论是自编年谱，还是由他人编写的年谱，均是事后的追叙。自编年谱，多是在晚年光景对一生行事的追忆。由他人撰写的年谱，则常常是谱主去世后由他人撰写。无论是自己的追忆，还是他人的追叙，均是在事后若干年进行的，故而皆有失真的可能。或者仅仅记下能够被追忆或追叙的部分，而遗忘或遗失其中的诸多细节。或者在追忆或追叙中不可避免的有误忆或误叙的内容，总之，失真不可避免，因而其精准性便要大打折扣。而日记则是由记主逐日所记，或当日所记，或间隔一二日追记。不仅能完整记录若干生活细节，而且一般不会失真，除非是有意回避。所以，日记的精准性超过年谱，不言自明。

其二，具体化。日记的具体化亦远胜于年谱，这是由日记的写作形式决定的。古代的年谱和当代学者为古人编写的年谱，由于史料的限制，往往是按年编撰。晚近时期的年谱，亦有具体到月日的，但一般多近似于大事记，即主要记录谱主一生中经历的比较重要的事件，日常生活细节往往缺而不录，或是不需记录，或是因史料的缺乏而不能记录。即便是谱主自撰年谱，亦常常如此。日记则不同，它非常具体，在时间上，它必须具体到日，否则不能称为日记。甚至具体到时刻，包括起床、就餐、会客、睡觉等具体时刻。一般亦记录天气，气候环境对人的情绪的影响是不能忽略的。不仅记录一日生活之细节，还记录一日情绪之变化。因此，可以说，日记呈现的才是最具体的日常生活细节。其具体化，远远超过年谱。

其三，私密性。与年谱相比，日记的私密性是显而易见的。对于年谱来说，无论是他撰年谱，还是自撰年谱，撰写者皆是当作著作来写的，其意欲公开发表或出版的目的是显明的。因此，年谱一般不具备私密性，亦较少流露个人情绪。而日记则不同，虽然亦不乏记主为发表或传世的目的而创作的日记，故而较少叙说个人隐私或个体情感。但是，在一般情况下，大多数日记在写作时，记主并非是为了出版或传世，而是把它当作自我交流和自我反省的载体。在写作日记时，记主往往是自言自语，通过笔端下的文字，清理思路，整理情绪，调整心态。通过自我交流，实现倾诉欲望。通过自我反省，达成改过自新。无论是自我交流还是自我反省，皆可能暴露个人隐私。所以，日记中有较多的情绪或情感的流露，私密性极强，亦更能体现记主的真实自我，更能呈现记主的日常生活细节和内心秘密。

总之，日记具有精准、具体和私密的特点，真实再现个体的生存状态和内心隐秘，精准呈现个人日常生活的具体细节，因而受到晚近学者的重视，成为“新史学”研究日常生活的最重要的史料。日记写作之被文人重视，并成为一代文人的风气，是在晚清民国时期。而“新史学”之兴起，“新史学”学术观念和研究方法之形成，重视日常生活细节和地方性知识的研究，亦基本上是在晚清民国时期。日记写作之渐成风气，与重视日常生活细节研究之“新史学”，大体同步出现在晚清民国时期。这不是一个偶然的巧合，至少说明二者之间有一定的互动影响关系。

关于如何利用日记来研究历史的问题，桑兵先生的见解值得参考，其利用日记研究历史的方法值得借鉴。他在《治学的门径与取法——晚清民国研究的史料与史学》一书中，专著“日记内外的历史”一节，分析了日记作为史料的种类和属性，提出了利用日记研究历史的方法问题，他认为：

“要把日记当日记看，不能泛泛而论地仅仅作为史料看。”因为这样“容易以己意从中摘取片断，割裂作者原意，而组成另外的意思”。因此，他建议：“不要以某一种日记为信史，应将各种相关日记相互参看，以求近真；不要简单地以为日记即第一手材料，应将各种文献比勘印证，以便把握其中真的成分和真的程度，不要以日记所记即为全部事实，应掌握基本事实来看日记所记；不要仅仅从日记中各取所需地寻找自己要的材料，而要了解记日记之人的为人行事及其记日记的习惯方式。”[①] 在这种日记史料观的指导下，他著有《走进共和：日记所见政权更替时期亲历者的心路历程（1911 ~ 1912）》[②] 一书，选取清末民初不同阶层、不同年龄、不同职业者四十余人的日记，按时间顺序将各人的日记内容进行年谱式的排列，对 1911 ~ 1912 年间的社会变革和社会动荡以及时人的骚动和不安，进行描述，讨论在这个重大历史变革时刻不同亲历者的心态及其对当时社会变革的观察。这种做法别开生面，虽然在具体日记史料的取用上亦颇遭学者的批评，但他的确拓展了历史研究的史料范围，开辟了一种新的历史研究方法，是应该引起学者高度重视的。

① 桑兵：《治学的门径与取法——晚清民国研究的史料与史学》，社会科学文献出版社，2014 年版，第 94 ~ 95 页。

② 桑兵：《走进共和：日记所见政权更替时期亲历者的心路历程（1911 ~ 1912）》，北京师范大学出版社，2016 年版。

三

近年来，受“新史学”学术思想观念的影响，受人类学学术研究方法的启示，我对地方性知识和个人日常生活领域的研究，甚为关注，并有浓厚兴趣。同时，作为一名黔中子弟，作为一名在黔中这块土地上教书育人并研究、传播中国传统文化的学者，出于回报桑梓、感恩故土和宣扬家乡文化的个人情结，我对地方性知识和日常生活的关注，重点放在贵州地域文化和文学的研究上，以及贵州世居少数民族日常生活的探索上。整理贵州地方文献、关注贵州地方性知识，研究贵州地域文化和文学，呈显贵州世居少数民族的日常生活，便成为我近年来的主要学术方向。

我在大学图书馆工作过五年，主要从事地方特色文献资料的搜集和整理。追溯我对贵州地域文化和文学的研究，大概就是从这个时候开始的，《贵州古近代文学理论辑释》一书就是在这段时期做出来的。后来又在文学院工作过五年，主持中国语言文学学科建设，根据学院的实际情况，提出建设以地域性、民族性和应用性为特色的中国语言文学学科，带领团队侧重开展贵州地域文献、文化和文学的研究，亦以身作则做一些具体的研究项目，《道真契约文书汇编》《边省地域与文学生产——文学地理学视野下的黔中古近代文学研究》《贵州地域文化精神研究》等著述就是在这种背景下做出来的。

我和我的团队成员热衷于贵州地域文献、文化与文学的研究，还存有另外一个学术野心，即通过研究，建构一门具有特色的中国地域之学——黔学。鉴于贵州地域文化与文学长期以来处于一个被轻视、被忽略和被描写的尴尬地位，因而构建黔学可能会遇到诸多障碍和质疑，甚至有“夜郎自大”之嫌疑。黔学能否为“学”？构建黔学有无学理依据？这是可以继续讨论的问题。我认为，黔学之所以能成为“学”，是有充分学理依据的。“多山多石”的山国地理和“不边不内”的通道地位，以及“割川、滇、湘、粤之剩地”而构成的区域地理和因之而形成的“五方杂处”的地域文化，及其以“大杂居，小聚居”为特点的民族分布格局和因之而形成的“和而不同”的民族文化，使贵州的地理特征、地域区位、人文风尚、地域文化和民族性格皆自成一体，与其它地域相比，皆有相当明显的特殊性和独立性。所以，以自古及今与黔地、黔人相关的精神文化为核心内容，建构一门有别于其它地域之学的黔学，不仅是可能的，而且亦是有学理依据的。

构建黔学，首先面临的问题，就是黔学文献资料的搜集和整理。因此，近年来，关于贵州地域文献的搜集、整理和研究，便成为我和我的学术团队集中致力的工作，如中国乌江流域民国档案、贵州古近代珍稀家谱文献、中国西南布依摩经抄本文献、贵州彝族古抄本文献等大型地域文献和民族文献的搜集、整理、出版和研究工作，皆在积极筹划和有序实施中。“贵州古近代名人日记丛刊”的编纂出版，就是在这个背景下提出并实施的。

尽力搜集，持续整理，陆续出版，以期有更多的日记被发现，被整理，得到出版，是编者的心愿。故此尚需境内外学人添砖加瓦，共襄盛举，或提供线索，或协助搜集，或参与整理，皆是我们所需要的，亦是我们特别感激的。

汪文学

二〇一七年二月五日于花溪

前　言

赵亨钤，易州（今河北易县）人，字印圃，一字印浦、印甫、荫圃，号郎山。祖春熙，字陆门，隐居不仕，工吟咏，著《双琴堂集》。父元睦，字宾四，乾隆六十年（1795）举于乡，官东光县训导，亦能诗，著《藹亭诗草》。清易州赵氏，三代皆以诗名，世称“易水三赵”。至亨钤，不独能诗，亦深悟阳明“良知”之旨，兼以政事著称。其子利濬刊其三世遗稿以行，名《易水三赵集》。

关于亨钤生卒年。《铅差日记》道光二十三年（1843）十二月初二载：“船户、篙工、舵工、家丁辈以予初度，咸称祝，送烛爆等物。”又二十四年（1844）十二月初二日载：“余五十六岁初度也。小备酒肴，与利濬谈家事。家人辈，各予酒馔，使尽欢而罢。”知其生于乾隆五十四年（1789）。徐世昌《大清畿辅先哲传》云亨钤于“道光二十三年，檄解京铅百二十万往返。三年，卒于官。”[①]知亨铃于道光二十六年（1846）返黔后，即卒于古州厅（今贵州榕江）同知任上，享58岁。

亨铃于嘉庆二十五年（1820）五月己未，以新科进士身份受到引见，交吏部掣签，分发湖南，授零陵知县，补永定知县。是年33岁。《湖南通志》卷一百八：

道光初，（亨铃）知永定县，勤政兴学，严束胥役，在任十一年，多所兴建，未尝妄取民一钱。[②]

道光元年（1821），亨铃初入仕途，便核查永定县内仕林甲科，深感教育落后，遂主持筹建嵩梁书院，增拨田产，充实经费，延聘名师入席。不仅如此，亨铃还亲自主持《永定县志》和《蔡忠烈公遗集》之刊刻。道光元年（1821），亨铃感数修县志皆未印成书，遂于上任之初，集聚经费，致力修志。对乾隆四年前史实，参康熙二十四年《九溪卫志》、乾隆四年庄以宽撰未刊县志、乾隆十七年《沣州志林》等旧治，考订异同，芟芜补缺；乾隆四年后史实，除抄录州志外，命纂人分路采访，各抒见闻，其节孝人物有增无减，并酌增文教、礼典等门类。该志创修于嘉庆二十一年（1816），记事止于嘉庆二十年（1815），至道光三年（1823），终纂成《永定县志》八卷，付梓问世。道光十一

① 徐世昌：《大清畿辅先哲传》卷十二，北京古籍出版社，1993年版。

① 曾国荃、郭嵩焘等：光绪《湖南通志》卷一百八，上海古籍出版社，1990年版，第71页。

年（1831）春，邓显鹤在长沙，于亨钤处得蔡道宪《悔后集》，又于左宗植家得抄本《蔡道宪行状》，进而编《蔡忠烈公遗集》。由亨钤主其事，自清道光十一年(1831)七月始，凡六月，至十二月初八日方成书。

道光十一年（1831）冬，亨钤由永定知县调零陵。宰零陵四载，亨钤以“廉明仁恕”“明决而人不能欺”，同零陵贤令赵瑜并称“二赵”。《零陵县志》卷六载：

次年（1832），锦田猺赵金龙滋事，陷江华，掠宁远，破新由，又大败官兵于池塘墟，提督海凌阿、副将马韬俱败没。湘中自国初至今，始见军旅，故纷扰异常。朝命总督卢坤、湖北提督罗思举赴剿，先后至零陵，羽书旁午日不暇接。亨钤外侦贼动息，内备军储，从容措置，百务瞻举。邻之民，多为军兴所苦，零陵帖然。一日，拔营进剿，立需夫役千，督府随员王某者，谓零民犷骜，非重法不行，请身任其事。亨钤争曰：“此令事也，且零民素驯谨急。”公一呼，立集两人。方争辨不决，督府知之，命亨钤立状，乃遣出。王某者，浙人，即前零陵令也。负才雄杰，贪而酷，民不能堪，及去，多随而诅詈者。亨钤来代，尽反所为，民困始甦。某衔零民之刺己也，不数月，复营缘为督府随员，思假事而致毒焉，赖亨钤争而止。亨钤出，日已晡，沿街行，呼应役者，须臾，民争荷担至，且不受雇，直大令皆惊异之。常德兵过北乡，刃伤贸布者，悍不受治，亨钤愤然请于罗提督思举曰：“如此，是吾民未死于贼，先死于兵矣！”思举改容，谢为治如律。以后征兵，肃然守道。梁常□以事，亨钤遂纳印于其馆，投劾请去。督府闻而慰谕之，方出视事。亨钤尝曰："凡为州县者，过爱其官，必不能爱其民。"观其所为，信然。[①]

关于抗匪一事，《畿辅通志》本传载："值江华逆猺之乱，（亨钤）径造贼巢冷水滩，告之曰：'我零陵宰也，大兵不日至，不忍见若辈之杀，故为汝告母，致玉石俱焚也。'既贼犯桂阳、道州，而永郡卒无害。"[②]徐世昌《大清畿辅先哲传》据此。可见，亨钤于任上，以兴利除害为己任，外抗悍匪，内化黎民，严肃军纪，不恋官位，在任四年，颇有政声。道光十五年（1835），亨钤服阕补古州同知，以外艰，归送之者皆哭失声。

自道光十五年（1835）迁贵州古州同知后，其间除道光二十三年（1843）至二十四年（1844）卸古州事檄解京铅百二十万斤往返外，一直在任上，终卒于兹。在黔数年，"折狱勤明，一讯即结，终其任无留案"。《大清畿辅先哲传》载：

州属苗寨三百余区，时与民格斗，亨钤一以诚谕解之。创练民兵，捕获巨贼一百二十余，阖境肃然。[③]

---

① 刘沛：《零陵县志》卷六，成文出版社有限公司，1975年版，第399页。

② 黄彭年等：《畿辅通志》卷二百四十二，华文书局，1968年版，第7621页。

③ 徐世昌：《大清畿辅先哲传》卷十二，北京古籍出版社，1993年版，第391页。

任虽小，使民爱且畏，无过是耳。

亨钤毕生不仅勤于政事，而且以圣贤自期，于“阳明之学”深有体悟。清初陆陇其等人攻诋阳明学说，亨钤发文以辨，徐世昌《大清畿辅先哲传》全文收入，节录于兹：

阳明良知之学，即大学明明德，中庸思诚，孟子求放心之旨也，与朱子之所疏解殊途同归。惟朱子主下学上达，阳明则以下学之事皆返求吾心之事。一则道问学而尊德性，一则尊德性而道问学。要其求至于道，则一也……试观明季儒流，讲诗书，言王道，创为理学之局，互相标榜；究之贪婪、淫弊，并乡党自好者不如，是岂朱子诲之如此？盖专务下学而天良汩殁，转相授受，其弊必至此耳。观东林党人之祸，其害及于人心、风俗者，谓之如洪水夷狄，岂刻论耶……观先生专阃时批各官乞休之词，优礼将士、谪官之牌，上而道、府、州、县，下而邮丞、驿卒，勤勤恳恳，出于肺腑，若忘其为大吏之饬所属也。在后人读之，犹为感激动容；矧其为身受者耶！平日惟恐没人之长，临事而不以所长自效者，非人情也。观乎此，则知先生之临阵决策，皆其无事时所推诚相与之士，欲无成功得乎？而或以名将律先生，是未尝综先生之时事而徒震乎其功耳。[1]

此一篇驳辩之文，洋洋洒洒千余言，或委曲陈说，或直指其旨，皆有理有据，深得三味，在清代理学史上占据一席之地，

① 徐世昌：《大清畿辅先哲传》卷十二，北京古籍出版社，1993年版，第391页。

诚为阳明异代知音。其时上元梅曾亮负古文重名，于时人少许可，独与亨钤友善。二人“析疑辨难，邮筒往来无间”。梅曾亮评其文“措注浑沦似子固，骏厉严肃似昌黎，气猛词直，如青天白日中不容一鬼魅，又如雷霆交作时人间无复晻昧心，真古人也”①。可谓称许有加，推崇备至。

亨钤好辞章吟咏，柯愈春《清人诗文集总目提要》收祖《双琴堂集》、父《蔼亭诗草》，然于亨钤无载。徐世昌《大清畿辅先哲传》称其所著有《印甫文集》一卷、《诗集》二卷、《铅差日记》二卷、《永定县志》若干卷，然《晚晴簃诗汇》仅收诗三首。郑振铎《西谛书目》录《荫圃诗文钞》三卷，清道光二十三年（1843）刊本；《荫圃小草续钞》二卷，清道光二十六年（1846）刊本。合计五册，现藏国家图书馆。

《铅差日记》二卷，清道光二十六年（1846）苏园念昔轩刻本，收入《荫圃小草续钞》中。前有陈坡、陈熙晋、梅曾亮、苏霖识跋。道光二十三年（1843）春，亨钤“膺是选”，卸古州事檄解京铅入京。《日记》自癸卯（1843）闰七月由贵阳启行起，至甲辰（1844）十二月十三日引见之日止，长达十七个月。不惟记载督船入京途中所见所感，于清末铅差履任状况、交通状况亦多所勾稽。可作史料观，亦可作辞章观。

① 徐世昌：《大清畿辅先哲传》卷十二，北京古籍出版社，1993年版，第393页。

贵州产铅，每年需送铅入京凡四次，以敷国家鼓铸之需。亨钤督押上百只铅船，运痴重物百二十万有奇，走三峡，入汉沔，涉长江，迂回运河。一路屡经丧妾之痛、人事纷扰、长江天险、风雨稽迟，备尝艰辛。而诸情状，亨钤于《日记》中皆有详录。光绪二十三年（1843）十一月十七日，作《过东洋滩记》：

东洋滩，距云阳三十里。左山而右石，山如壁，石盈亩，宽不及十丈，大江浩渺，至此一束焉。山根石，齿齿然若奔牛骇马之相向，钜石森然，若断若续，绵延四五里，槎枒突怒，如鬼怪之指，顾逼人也。水从中下势绝徒，上注下承，起盘涡如巨冢者，累累以百数。舟至此，掌舵者捩而左，搬钊者拗而右，左右逼中，直冲而下，一转盼即过滩矣！舟第二号，掌捩稍不如法，至滩心久旋转，岌岌乎如一叶之拒狂风，眼看倾覆矣！与船户、差役、家丁，在岸招呼，鸣钲放炮，恰束手无策，不能助一臂力。舟下而复上，上而复下者，约一时许。幸而直下得无恙，视岸上人，气尽声嘶，色若死灰，余亦僵立，不能一步移、一言出也。自重庆开行，险要不一，此其极焉。故记之。

铅船沉重，操之困难，一旦碰触，较普通船只更易渗水；况京铅属公产，丝毫不容闪失，否则势难复命。同领差者，多事故频出，或溺毙，或弹劾，罚俸革职更是常事。故每开行，皆设案祷告，以保平安，可谓尽天人之事耳。天道难克，人事亦然。舟子之狡狯，官吏之骄奢，皆载之不讳：

船户袁姓以需索刁难，不得如志，唆使众舵工、水手等数十人，拥门求赏，此小人穷计无赖之下策也。为剀切言明所以然之故，并将原券示众一看，始释然而去。船户亦自觉内愧无地也。予非乐与小人角聪明、争口舌，杜后弊而防赔累，不得不然。目击同事各官，深中其术，为之寒心，玩好在耳目之前，祸患在一国之后。（光绪二十三年〔1843〕十二月初六）

为税务至芜湖道署大费口舌。意将此刁难勒索推之委员。予谓此系国家公事，收税非私，上税亦非私，何所规避，而以委员为辞？且委员佐杂，而监司大员畏之如此，殊非政体。倘再支吾推诿，明日运官开行矣！漏税之责，咎有攸归。是日晚，道署家丁至舟中，始将此事了局。（光绪二十四年〔1844〕四月初七）

领运京铅，尽管经年蹰蹐于篷舱咫尺之中，然亨钤自诩“仗忠信，涉风波，勤劳国事，置吉凶祸福于度外。”（《自序》）以阳明“良知”之学为本，达观对待，故能心境和平，转劬劳为愉悦。[①]

所谓“领帑金万两，为穷年累月游”，虽不免自嘲之态，然纵观《日记》，其凡行经古迹，必形诸歌诗以发其豪兴；纵独坐舟中，亦读书咏史以抒其襟怀。怡然自得之处，恐非常人所能致焉。壮游山河荡涤情志，此中自然不乏佳作：

---

① 俞冰：《历代日记丛钞提要》，学苑出版社，2006年版，第134页。

路自戎渝下，江行奥且深。风波休问卜，忠信早盟心。杜老悲歌句，涪翁肮脏吟。予怀殊落落，怀古豁凡襟。（道光二十三年〔1843〕十一月初二）

农家秔稻少，黄谷间疏麻。摘穗尝新米，编篱卫好瓜。童牵牛待渡，客过犬无哗。喜听年丰稔，云连隔浦赊。（道光二十四年〔1844〕七月十四）

亨钤在《自序》中，谓自己疲于案牍，“一事小不当，辄忧形于色”，而领运铅差，长江挂席，则如久困盐车之马，“一旦驱而策之，康庄大路，虽亦复任重致远，而欲骋千里之志，孰有愈于此役者耶？”不难想见，以此磊落风襟作诗，无过是治大国如烹小鲜而已。正如梅曾亮所序：

迫以铅差之程期，夫役之扰杂，又当夫情事之大可伤悼，而神气闲定，沛然于笔墨之间者。

一语中的，堪为知己。当然，丧妾之痛，官场冗烦，不独作文记叙，在诗人笔下亦铺叙陈辞，多所反映。不工自工，是其工处，一部《铅差日记》，作一部荫圃诗集看可也。

亨钤出身微寒，仕终古州厅同知，未能在仕途上有更大作为。领运铅差，最终抵京，为道光帝召见，“自分江湖终画虎，何期阊阖仰飞龙。”（亨钤自注：“甲辰四运得与引见者，只臣一人。”）亦算功成名就。尽管未能位极人臣，然亨钤精于吏治，勤于笔耕，为后人所追怀。邓湘皋《南村草堂诗钞》和亨钤诗有句：

无妨案牍添诗料，不废吟哦见吏才。[①]

可以说是赵亨钤一生真实状况之写照。

《铅差日记》原刻本多有句读，誊录较易。其中凡涉古今字、异体字、通假字俱从今校改，不另出注。限于学识，点校舛误之处自所难免，惟冀不损先贤遗泽为幸。

祝　童

丙申中秋前夜于豫章寓所

① 邓湘皋：《南村草堂诗钞》卷十七，岳麓书社，1994年版，第316页。

弁　言

一

日前，蒙赐大集，内有《北上日记》一册。读之，如置身车尘马足间。顷，又掷示《铅差日记》，雨窗披诵，益叹先生心学之精也。今夫捧严檄，历长途，驱千百乌合褴褛之舟子，涉江河滩峡，穷年累月，跼蹐于篷舱咫尺中，宜其郁郁不得志。乃先生自黔踰楚，纤悉必载，间以诗歌俱，若有怡然自得之趣，抑独何欤？昔谢太傅中年哀乐，借丝竹以陶写性情。其他骚人杰士，或历览名山大川，以旷荡其胸臆，皆有托于外以养其中。非如阁下驰驱国事，即劬劳为愉快也。苟非以其心之至足，驭夫境之所不足，曷克臻此？今观记中，如慰某刺史云："凡处极困厄之境，须寻出一乐趣。"又有云："极嘈杂中，心气愈和平。"盖深有得于阳明治心之要者。由此而推，则与目谋者，怪石狰狞，殊胜于大府矜严之色也；与耳谋者，桡夫邪许，殊胜于寅僚寒暄之声也；与心谋者，诗文籍记，殊胜于钱谷讼狱、轇轕无理之是非也。方且如困鸟之脱于樊笼，如倦马之弛其羁绊，又奚为而不自得哉？仆老矣，一官匏系，每遇不合事，胸中辄格格作数日恶。读此，不觉爽然失也。逐段加墨，并跋数语，用志钦佩。且愿读兹记者，勿徒以登高能赋，遇物知名，作雅人深致观也。东屏弟陈坡跋。

二

曩，仆识荫圃先生于黔中，知其治绩之善，未暇谈艺也。癸卯冬，见于峡州郡斋，以大集见贻，尽日夜读之。诗之妙，大约得于眉山者为多。古文尤深于诗，远宗昌黎，近逼灵皋，言理论事，类皆阅历有得，如其意之所欲出，非故有为而作者。剖析断制，无一囫囵语，无一假借语。如扁鹊视病，洞见五脏症结；如温太真然犀，幽明毕现。非本无为而作者。夫有为无为之间，非可以文求也，于戏，难矣！荷赠七律，谨次韵并述鄙意：

峡天寒雨为君开，时，雨雪浃旬，君至，大晴霁。把酒谈文次第裁。

蜩莺尽教嗤傲吏，蛟龙却解护奇才。铜铅船走川江，未有不沉坏一二者。君独平安无恙。

石湖万里浮江下，君著有《铅差日记》，似石湖《吴船录》。

杜老千篇出蜀来。

我亦西南曾奉檄，长途烟水望徘徊。

西桥弟陈熙晋

三

荫圃先生：

承惠扇诗画，谢谢！诗第三联尤妙，惟无盐，不足以当刻画耳！通州度岁，可节劳费，但弟则歉甚矣！早知若此，前文驾在京时，即力疾，亦当奉诣作畅谈也。《日记》妄跋数语，未识当否？先生文字，无论大小，皆有英杰之气，此是能任事人。口角于吾辈中，未尝多见。世有知人者，当以为不妄语耳！

伯言弟梅曾亮

荫圃先生由黔赴都，得日记二卷于日用间。琐琐情事，追蹑呈露，使阅者若得异境。昔前贤之《南来录》《入蜀记》，皆作于优闲暇豫之时。先生则迫以铅差之程期，夫役之扰杂，又当夫情事之大可伤悼，而神气闲定，沛然于笔墨之间者。乃如是，其识高胜其才之有余于事，吾于是而得之。道光二十四年十月上元，梅曾亮再识。

四

昨，承示大集，敬翻阅三周。其中至理名言，处处引人入胜。虽即事抒怀发挥，其所自得，却于世道人心大有关系，大有裨益，真不朽之作，将来必有引据而大为表扬者，不独鄙人之私言也。苏霖顿首。

自　序

《史记·货殖传》：锡之未炼者曰铅，滇、楚皆产，而以黔为最。贵西置观察使，特董其事。黔省例："每岁供国家鼓铸之需，运京铅者凡四。"是役也，运痴重物百二十万有奇，走三峡，入汉沔，涉长江，迂回运河。偻指计岁月，往返须三年之久，可谓险且劳矣。大吏檄行，类皆综计，所属之丞、倅、牧、令，越渎烦多，为地方所不喜；或强项不任指使，则委此以示罚焉。

予以癸卯春，膺是选，卸古州事启行。戚友慰于庭，仆丁叹于室。予甚惜细人之无识，乃正告之曰："是固仆所祷祝而求之者也！仆性好游览，家贫，苦无资，又匏系一官，恒戚戚不得逞。兹则领帑金万两，为穷年累月游。过屠门而大嚼，虽不得肉，亦足以豪矣！仆疲于案牍，一事小不当，辄忧形于色。兹则长江挂席，无盗贼人命累。譬诸久困盐车之马，下峻坂，蹈沮洳，汗喘无休息。一旦驱而策之，康庄大路，虽亦复任重致远，而欲骋千里之志，孰有愈于此役者耶？"

或曰："子言则然矣！亦一思前年，通判某，以铅差溺毙否？亦一思又前年，仁怀令某，以铅差被劾否？计其成而不筹其败，子真短于谋而窒于虑也。"予曰："信如子言，天下尚有可为之事乎？吾尝见中产家，责无官守，入有余资，父子弟兄勤所业，居深山中，与人无患而世无争也，乃无端而为盗贼劫矣！无端而为水火灾矣！又尝见勇夫赴敌，戈矛林立，枪炮子铮铮如雨落，士卒有死之心，无生之气，乃无何而从容报捷，身无一伤，比比然也。天下事，有视为极安适，而至危者伏焉？有视为极困厄，而幸而免焉？是则天也，非人也。吾此行，仗忠信，涉风波，勤劳国事，置吉凶祸福于度外焉。若惩噎废食，畏溺先投，则非吾智力所及矣。"

或无以难。于是辞上宪，别寅僚，束装就道。若惟恐当道知吾乐此，又变计而阻挠我也者。道中部署余闲，为《铅差日记》云。自癸卯闰七月由贵阳启行起，至甲辰十二月十三日引见之日止。

卷上

闰七月十二日

首站住清镇，距省五十里，古威清卫也。国朝改为县。一路民气恬静。岁亢旱，而闾阎安堵，驿路平坦，竹树夹道。风尘吏乍离会垣，觉心神一爽。大宪矜严之色，不复与目谋；寅僚寒暄之声，不复与耳谋；钱谷讼狱、樛葛无理之是非，不复与心谋。溪山窈窕，如慰苦海中人，处处作欢喜缘也。拜会同乡周鉴泉别驾，送酒肴至寓，受之。

十三日

黎明起行，一路秋干，万山童童，纠纷错缪，如丛冢然，无一足寓目者。早饭干沟，人马络绎。肩挑背负，皆滇蜀之货。最多为铜、锡、盐斤。铜、锡自滇来，盐自蜀来，大商富贾，资以贸迁。而沿驿贫民，借以糊口，亦瘠土穷乡之一助也。宿镇西卫，距清镇县六十里。

十四日

早起，路中见赴乡试秀才，着草履，步行于层山烈日中，为之恻然，吾独非个中人哉！蹭蹬官阶，较终身白衣者何如？甚矣！安命知足之难也。干旱既久，秋稻如枯薪，农民叹息之声盈耳。是日，宿鸭池河，距清镇县一百里。

十五日

黎明起，过渡河，对岸即黔西州界。山路陡峻，须夫牵挽而行。过此，山势渐秀，平田亦多。近城一水，潆洄与驿路相曲折，人士亦渐无苗猓气象。黔西，即明之水西。王文成公在龙场驿与水西安宣慰书，即此处土目也。先生万里投荒，为国家弭边衅、靖远夷，桀骜之气。今读其文，至诚恺切，实足折服其心。且以一微末谪居之官，为远人倾慕如此，得不谓过化存神乎？是日，住黔西城内，店极湫隘。

十六日

黎明，出黔西城，颇凉爽，有深秋气味。行三十里，早饭杨家海。晤某刺史，亦同此役者。吾第三运，伊第二运也。言次颇形牢骚，予为笑慰之曰："凡处极困厄之境，须寻出一段乐趣，便怡然自得。"今岁亢旱，为地方官，大难大难！千里稼云，焦如槁草，黔中例不报灾。若照常征收，是为忍心害理，且难保无意外之虞。若再粉饰得民心，劝捐修考棚、文庙、书院、社谷等事，助天为虐，不佞义不忍为也。此差虽苦，不犹愈于掣肘违心，欺上罔下乎！是日，住干堰塘，沽刺梨酒，极甘美，色酣红，作琥珀色，只力稍薄耳。

十七日

晓行，颇凉。山路高数里，入大定界。按，大定在汉为牂柯郡，唐为罗甸国，宋为罗施鬼国。《禹贡·梁州》：西南夷也，宜极荒怪，乃男妇面貌，较下游殊明秀，盖承平日久，客籍居多，土夷亦渐染华习矣！晤姚伯山太守，樽酒畅谈，赠连山《绥猺厅志》《漳水图考》。其书详雅可观，笔亦老当，官声甚好。是日，即住大定城内。

十八日

天气燥热。山路起伏高下，人马舆夫疲累之至。住沙子哨塘。晚刻偶闲，忆自古州起行时，留别士民诗四首，附录：

天涯何处驻飞蓬，万里榕江一寓公。
讲院寄居师席雅，诸生都谅长官穷。
缥缃书借三千卷，桃李春归廿四风。
久住自忘尘俗吏，朗吟时复气如虹。

犵鸟蛮花俗渐谙，使君无复再停骖。
此都漫咏桑鸠七，彼口能成市虎三。
小草恋春知气厚，丰碑纪政益予惭。
淳良未免低回念，为祝年年稼穑甘。舆诵过情，为立德政碑于北门外。

一纸爰书敢惮劳，归耕无计首频搔。
故园风雨荒三径，宦海浮沉感二毛。
说法惭非广长舌，工诗不按郁轮袍。
静观物理休惆怅，会见沧溟钓六鳌。

轻装检点只图书，复水重山历险途。
千里奔驰谁相马，一官踪迹类瞻乌。
上书得报羞翁子，著论惊人羡老苏。
俯仰扪心无愧怍，孔璋行矣漫踟蹰。

十九日

入毕节县境。面山临流，城郭如画，不似黔中州县矣！闻境内有梁王台、七星关古迹，惜匆匆不及一考。

二十日

未起行，仍住毕节。以前路客舍稀，与方柏心同行，恐无宿处也。县大令某，送酒席，璧之。

二十一日

五鼓起行。人马住歇一日，不无少费，而精神焕发。又值雨后清凉，殊有行路看山之乐。口占小诗：

雨后催晓行，迷濛天欲曙。
野店饱朝餐，喜听仆从语。
千里烈日中，畏热如畏虎。
兹乃得清凉，行行欲飞舞。
后舆趁前舆，笑声互三五。
此事亦寻常，欢乐乃如许。
寄语世上人，求甘莫如苦。

是晚，住孙家铺。

二十二日

黎明起，冒雨行二十里，至陀罗密早尖。雨中苦寒，买食野店，菜豆腐极好，饥者易为食，不信然耶？又行二十五里，至白岩住宿。

二十三日

由白岩起行，行二十五里，至清水铺。早饭，又行二十五里，过赤水河，此黔蜀分界处也。得一诗：

朝出白岩店，暮渡赤水河。
黔蜀此分界，磴道盘如螺。
民襁黑铅负，民夫负铅至永宁官局。马背青盐驮。
群山互起伏，行旅何其多！
蝇头觅微利，走险肩相摩。
无为路人忧，自问夫如何？

自赤水河过渡，晚宿判官脑，四川永宁县境。舆夫登山，不能奋步。以肩承舆，缓款而上，谓之慢步。坐极安稳，而舆夫甚劳。口占一诗：

才下万仞山来，又步千寻嶂去。
乘舆之客如仙，肩舆之夫欲哭。

二十四日

过雪山关，距赤水河约三十里。蛮山层出，上下约二十里。凭关门俯望，白云匝绕，如积绵然。盎盎卷舒，恰不飞动，以风高不到岩壑低处，故云气只下垂而不能上袅。百万峰尖，截然森立，举头仰盼，则又白云如幕。其滃翳之气，与下绝不相属，亦奇观也。他日遇好画手，当作《雪山关看云图》。入蜀境，行二日矣。百里无稻田，只粟谷杂粮。乞丐小儿，身无寸缕，与黔中下游相似。孰谓蜀地尽膏腴耶！是日，住磨泥塘。

二十五日

由营盘山越岭而北。对面十余里外，万山环拱。高者如剑铓矗立，秀削可爱。其下烟峦雾嶂，如春笋争高，参差相上。人家板屋粉墙，皆在洞壑深邃之间。溪桥流水，一望膏腴。黔中上下游，无此爽人心目也。是日，住普市，地方属叙永厅。

二十六日

抵永宁县。一路山势开旷，民物亦渐繁富。是日，住店甚早，检行箧，得前在省垣为俞秋农作《听秋声馆诗序稿》，附录：

天之玉成才人，倍难于玉成庸人。玉成庸人，富贵福泽之而已；玉成才人，必迂回挫折以蓄其能，又驰骋康庄以舒其气。方其迂回挫折时，又少舒之，以为蓄之地；及其驰骋康庄时，又少蓄之，以底于舒之成。古来名成行立，盖历历不出此范围矣！吾友俞秋农，绩学士也，成进士筮仕时，已年半百矣！出其所学，为百里宰，弦诵者在堂，讴歌者载道。予尝路出其所治，为之心醉，併为大吏缅述之。癸卯岁，小驻黔省，得与秋农朝夕过从，出《听秋声馆诗》，嘱为序。盖秋农自为秀才，至释褐后，凡悲愉欣戚，一寓之于诗。写难写之景，则体物浏亮；言难言之情，则脱口如生。其雅炼，其择言精也；其深厚，其酝酿久也；其论古有识，如数家珍，其披览探讨邃也。以秋农之才，而使之晚成进士，又不使蜚声艺苑，而使之出宰岩疆。天之玉成之，可谓蓄之舒之，两极其变矣。其才之见于语言文字者为诗，见于条教号令者为政。今年秋，受大府知遇，特升州牧，以文章饰吏治，所成就岂可量哉！予方惜与秋农缔交迟，知秋农者浅。适以捧檄远役，未得深谈，意甚怏怏。然而长途回首如望，远山遐岭，苍茫绵渺，不尽流连矣！因为序崖略如此。

二十七日

辰，出拜地方官并管理铅局委员，商买余铅事宜。永宁据黔省上游，盐、铅络绎上下，街市较繁闹。设参戎一、叙永同知一、县官一。地系蜀黔咽喉，控制弹压，自应严重。

二十八日

静居永宁寓舍，候船只雇妥，即起行。家丁慵懒，除饱食酣眠，一无所事。主人差遣，则专办一事，更不知他，可谓无用极矣！然佳处亦在此。若精明干练，此时早与永宁委员、泸州船户勾结成党，为前途赚骗地矣！事事自为经手，不惜疲劳，亦长途消遣之一计也。

二十九日

辰起，亲至河干一看，计用船只四只即足。凡事未身亲，总属隔膜。催促家人等，登舟开行。本日至黄昏时，约行五十里。方栢心先开船一日，尚在后，以水浅装重也。

三十日

早起，行未十里，座船底坏，水溢满舱。饬家丁人等，移舟雇拨，计多用十金，耽延半日。极嘈杂时，心气愈和平，从容料量，若网在网，亦阳明心学之一端也。若因事扰攘，心为之动，无所谓学矣！

八月初一日

早起开舟，约三十里，前舟为巨石所卡，耽延半日，始得过。口占七古：

两石相向如怒牛，奋力横亘滩中流。
舟师欲避不能避，相逢狭路如仇雠。
我乃唤集众舟子，彼此推挽还相酬。
一声努力百声和，得尺得寸如丝抽。
须臾全舟俱出险，若吐鱼乚于咽喉。
众人鼎沸笑语杂，和衷共济真良谋。
幸灾乐祸天所罚，大家相好无相尤。
长途万里共患难，友谊从此胶漆投。

地方属永宁，名江门坎，滩江最险处。

初二日

早起，过龙滩，两岸青山如壁。中走一线滩河，由上直下，瞬息十余里。操舟者稍不谙悉，必至沉坏。舟人至此，皆动色相戒。过此，山势平远，无复大险矣！

初三日

午刻，抵泸州，寓刘氏公馆，船户袁某戚也。各船户纷纷相见，殊觉应接不暇。俟稍定一二日，略知此间底里，再斟酌如何办理。

初四日

拜会地方各官，询问老成晓事者。于运务似觉稍有定见，然未敢信也。市井人品，亦有高下，真能办事者，其语言气象，固自不同。

初五日

辰刻，与袁姓言定长运事，书承揽券。其父子年俱强壮，似能约束水手者。事非旧经，尽心妥办，其得失听天而已。

初六日

家人舟至，病妾垂危，为延医调理。纷纷部署，心绪如麻。既无懂事人可以商议，加以病室呻吟，使人意气都消。既思古人谪居荒远，尚有诗酒清兴，以自陶写，兹胡为戚戚，为事物所困耶！泸州颇多古迹，其大者，尹伯奇操琴台、宝山诸葛武侯祠、马谡溪、使君岩、南定楼、四香亭。

陆放翁曾至此，杨升庵寓此尤久。《王渔洋集》：“以至蜀不及访泸州黄山谷遗迹为憾”，此盖附会之言也。山谷止于涪州，未尝至泸。考泸州，系魏了翁旧治。治书只载书院、文庙两记，其政绩之大者阙如。又不录宋史全传，此修治者不知轻重也。书院名以“鹤山”，尚属知所宗尚。

初七日

吉日也。早起衣冠。将藩库原封银交付袁继沛，郑重分明，嘱以小心谨慎。如挪移亏短，银不如约，致工匠办公不力，咎在运官；如照料不到，致船有渗漏，事有贻误，咎在船户。运官有功名，船户亦有身家性命，勿谓言之不早也。市井人，志在得利。于利到手时，而迟回不甚喜形于色，其亦见利思义之征也。经纪、牙侩，类皆能言，于逢迎便利时，仍有不敢遽出于口之言，是其胸中尚有分寸也。此亦观人之一术。姑书之以觇后效。是日，开工祭神，口占祝文：

万里微臣，用违其志。
矢忠矢勤，反遭谗忌。
委此苦差，等之摈弃。
国事勤劳，义难规避。
慷慨请行，无忤大吏。
湖海风波，念之心悸。
惟神默佑，谅臣拙直。
人口安和，帆樯顺利。

早达神京，克峻厥事。

仍矢忠勤，报神之赐。尚飨。

初八日

妾病似难起。相从十五年，料理琐事，颇赖其力。倘一旦客死数千里外，殊难为情也。不得通才，与言办事，反是经纪老人、熟悉世情者，与反复辩驳，颇有可采。昨与黄姓、袁姓闲话，多中理语，故志之。

初九日

早起，亲至河干，看造船铁器物料。延罗姓医为家人诊病。前服其药似效，故再请之。其人语言慎重，除言病外，无他语。看脉时最久，书方时最迟，盖其难其慎也。每来一次，取轿钱百文。名甚噪，延之者甚众。明日又下乡去，取直廉而尽心于所事，又无奢望，其技工否不可知，其人先足取矣！老于世故者，类然。是日，邀方柏心同游武侯祠。祠在城西宝山上。凭高一望，泸州城如指诸掌。峻岭环于西，大江绕于东。人烟鳞密，了了在目。祠内二石人，背镌字。一云："守土守土，三分辛苦。"一云："遇隆则兴，松柏千古。"乾隆六年修祠时掘土而得者也。晚归，留柏心便饭。去。

初十日

赴邵观察之招。同坐二儒学。询以本地古迹，茫然如未尝一与闻者。官以儒名，职曰教职。除八股文字外，想不知其他也。缺颇膏腴，虚縻廪禄，是则崇尚时文之流弊也。

十一日

寓舍作字读书。饬家丁等轮流监造船工。尝谓，读书不必有意与古人为难，然亦不可含混模糊，不求于心。魏文靖公了翁《赡军田碑记》，载泸州志内，驳郑康成凭私臆决，以田穰苴、司马法，证井田卒伍之实。果如其说，井田之厉民甚矣：七十五人，出一革车、三甲士、四马、十二牛。使盛世有此，民必无以自聊。乡民之众寡，六畜车辇，皆薄录其数，民何以堪！此等立言，真不愧通儒之论。

十二日

方柏心过我长谈。雅州黄连分二种。家连，土人种之；野连，山中自生。家连，力薄而美观；野连，瘦细而力厚。此亦自然之理也。土人袁某言。

十三日

早起，谕仆丁差役等："尔等在外，既无劳力要事，又无劳心之件。每日但得饱食暖衣，即是享福，勿存一毫分外想也。凡用财于有余时，樽节爱惜，则不致狼狈。若茫然不通盘打算，一味好热闹、好体面、好交游，手中空乏，始不得已而俭省，此必败之势也。前车之鉴，历历可数，不可不时时猛省。"晚得一诗：

渡泸非是此泸州，古迹无烦细讲求。

北郭万山如壁立，东门一水抱城流。

二碑雅化怀文靖，文庙、书院二记，魏文靖公手著。九姓夷官重武侯。

可惜荔枝秋不实，未能饱啖负斯游。泸州产荔枝，余以八月至泸，未及食。

十四日

寓中读书，听病室呻吟，心绪纷如。与方柏心长谈。

十五日

早起，读张船山《泸州》诗，一五律，三绝句，舟中望城市而作也。舟中写景，与寓舍迥异。舟中多想象之词，寓舍则身履其地。凡物亲切见之，不如望而想象之神味无穷也。陆放翁咏泸州云："山川重复常供眼，风雨纵横乱入楼。"盖初至泸，而又值风雨，写目前所见耳。王渔洋《泸州竹枝词》："江边草色映春山，百五梨花叶叶帆。齐到城南踏青去，系舟多在使君岩。"此专为"使君岩"三字而作。泸州船皆无帆，诗人措语不可为典要。如此，张船山诗"只少风帆三五叠，更余何处让江南"，此却真语也。午后，妾病竟不起，申初刻气绝矣！太上忘情，予所不能。斯人贤淑，尤非常情可拟。亲为含殓。三鼓后盖棺。口占祭文：

呜呼哀哉！汝竟已矣！
有问不答，再问不止。
终无一言，汝真长逝。
忆汝归我，十有五年。
初来櫱弱，娇痴可怜。
亦庄亦婉，嫡庶称贤。
我有三女，汝爱无偏。
我有老母，汝事尤虔。

湘南七载，从予旋易。
妇孺家人，无不汝喜。
老母爱汝，欲留汝止。
念汝青年，冀生儿子。
送汝嘱汝，白头饮泣。
从我赴黔，专理内务。
北马南船，宵征露宿。
汝不言劳，道途相慰。
先莅天柱，继至松桃。
零丁弱质，路险山高。
仆婢皆悸，汝意不挠。
零星筹画，井井有条。
每付家信，摒挡终宵。
纸绒布裹，舌敝唇焦。
助我周匝，无憾丝毫。
戊戌腊尽，猝遭母忧。
汝乃狂哭，痛悔不留。
见我哀毁，汝又深愁。
劝我慰我，理达词柔。
小人谗忌，呶呶不休。
外佯不理，内恨曷瘳。
洎乎北旋，严寒凛烈。
野宿冰霜，轮辕断折。
汝已痛伤，还为我悦。

行路之难，言之欲绝。
家居年余，惊魂未已。
起复还黔，周章无似。
罄汝薄藏，佐我行李。
带病从征，意防不起。
恋我心苦，口不言死。
今竟何如，哀哉曷极。
呜呼痛哉，死不瞑目。
我知汝心，夜台无哭。
汝幸至泸，叨天眷注。
身后礼仪，无缺无误。
新宅刍灵，事事备具。
随我还家，一水之路。
倘死黔中，爱莫能助。
言念及此，汝心大慰。
呜呼已矣，吾记汝形。
淡妆雅度，鹤立亭亭。
呜呼已矣，吾记汝仪。
慧心丽质，飞鸟依依。
客中祭汝，约略数辞。
客俟归葬，作忆汝诗。
呜呼哀哉，尚飨。

十六日

为逝者经营暂厝事。

十七日

申时，送逝者于广仁堂，安置极妥。前在黔省寓舍，逝者病极危，言死不足恋，只恐遗我于千万里外，孤魂无依耳。予谓曰："此行忍病至泸，即可携汝旋里矣！"逝者首肯者再。今果至泸州，十二日而逝，岂冥冥信有数耶！为手书二语于厝室云："归程蜀水连湘水，旅榇泸州达易州。"元微之悼亡云："昔日戏言身后事，今朝都到眼前来。"可谓确切此段情事。

十八日

早起，至河干，看工匠造船。旋至广仁堂，看逝者厝室，焚香一揖。

十九日

寓中静坐，邵观察招饮，辞之。

二十日

诣铅局行香，看开秤，每块约五十四五斤。

二十一日

辰刻，遣婢妪等赴广仁堂哭奠逝者。为制木主，距亡期已七日矣！严饬三婢女。凡人不待声色之加，而自知检点改过，上等也；声色既加，即急收敛，中材也；示之以声色，仍不悛，而自以为是，下下也。二小婢无论，大婢名金橘者，谬浊不懂事；前逝者在日，日日督责，予以为太过；今才数日，其小过不可枚举。可知内助之不可无人，而下下之材，少纵即放。由此类推，岂独婢女也哉！晚刻，方柏心招饮，为遣愁之会。

二十二日

寓舍追悼逝者，成四律：

蛮烟瘴雾住泸州，怆绝吞声哭寓楼。
万里相从今竟死，一官如此更悲秋。
沉沉月黑棺将掩，黯黯灯昏雨不休。妾逝于中秋日，雨彻夜不止。
忍病携行兹独往，伶俜泉路为卿愁。

雅量春容绰有余，如卿真合字清娱。
鸡豚亲手供先祭，笔墨随身学楷书。客中朔望家祭皆手制，日作楷书百字。
无语自能驯妪婢，靓妆曾不间舟车。
不须更说闺门助，只论安娴孰似渠？

记得垂危执手时，为予强进粥盈卮。
平肝理肺医无术，强笑佯言痛可知。
分寄簪琚念儿女，某物在某箱，分寄女孙辈。适来宾客叹分离。欲有所嘱，适客至。
鼓盆欲学庄生达，辗转难禁泪暗垂。

黔山万叠走肩舆，寸步零丁倩婢扶。

懊恼移舟还北望，永宁江舟坏，移舟时，流连北望。唏嘘垂涕失南无。

所供大士像失于赤水河，自知不祥，泣下沾衣。

山堪寓目曾夸蜀，入蜀界，笑谓予曰：“蜀山好看。天许还乡竟渡泸。

自泸至天津，皆舟行。

前路潇湘更怊怅，可怜归骨过重湖。妾，湘南人，计从予往返，过洞庭凡五。

二十三日

早起。读书。邀方柏心手谈，饬厨人备便饭。客某以闲为苦，消磨长日，极无聊赖，此不好看书之过也。看文则精神注于文，读史则精神注于史。方苦日短，何难消磨之有？家丁好游荡，舆夫好赌钱，富家子弟好近狎客，皆苦闲之弊也。“人非有品不能闲”，旨哉言乎？

二十四日

忆昨日与数友谈公私事务。窃叹市井人，比士大夫有足多者，其心地本明白，而阅历久，更事多。谈言微中，究极事情，综理精到。较读书而不能会其通，泥古而不能化其迹，相去何啻径庭耶！

二十五日

黄杏川招饮，辞之。以河鱼之疾，不能久坐。

二十六日

腹疾仍不愈，勉出城，应友人之招。归时，起更后。

二十七日

腹疾，较昨日少愈，然不思饮食。方柏心来看，勉强语。移时。

二十八日

病觉愈，思饮食矣！妾在日，凡饮食衣服，体念无微不至。遇有小恙，所以调理护持者，皆在意言之表。道途相劳苦，种种解人意，今已矣！三婢痴蠢，不可以情理喻。

二十九日

胸胃间又隐隐作痛，似是贪看书，食后凭几坐久，块垒积聚所致。陶士行日运百甓，良有以哉！

九月初一日

病甚，方柏心来看，勉坐少顷。

初二日

病甚，长夜不寐。自念去家万里，一官落拓，追念逝者，羁旅牢愁之感，嘘嘘欲泣。既念身本寒士，风尘中积苦二十年，原非席丰履厚者比，且强直不能宛转随俗，得此苦差，亦固其所。屈指，逆夷案中，显官大位，或投荒沙漠，或秋后处决。又记，东坡海外谢表，疾病连年，人皆相传为已死，饥寒并日，臣亦自厌其余生。彼虽位高名重，人情想不甚相远也。祸非自取，运数适逢，宛然一笑，冰消雪化矣！

初三日

遣二差回黔。请兵牌。

初四日

早起，病少愈。亲赴河干，督催工匠造船。与童云逵、方柏心二刺史闲谈。

初五日

病又作，胃间如积物不开。饬家丁收拾箱衣，检查各物。内助无人，一举动如失左右手。

初六日

闻童云逵已全帮开行矣！其船户某，一介细民，识字不多，而明白切实。余曾与之论事，一言之出，如抛砖落地，皆中肯綮。

初七日

寓舍静坐。饬家丁等，籍记所带箱笼什物。

初八日

至河干看造船只，优赏木工匠役人等。存少柏至泸州，晤面长谈，借知黔省事。

初九日

邀方柏心、存少柏、袁雨田早饭长谈。

初十日

赴某官之招，席间有琵琶妓二。蜀中官场不以此为禁。某官本重庆人，补云南州牧，兹奉委在泸办铜差事宜。离家既近，可以养亲。每岁所入有余，既无应官听鼓之烦，又有仰事俯畜之资，福泽加人一等矣！是日，观察某招饮，席间出陈侍御奏折，用意极好，惜文理未能透畅。然在此时，亦不甘随俗，铁中铮铮者也。

十一日

胃疼大作。

十二日

服药，疼少止。

十三日

至河干行香，以造船完工也。

十四日

病甚。

十五日

病甚。方柏心辞行，未见。

十六日

病甚。

十七日

病甚。

十八日

病少愈，气亦觉壮。看书最足消磨长日，然病时亦不能多看也。

十九日

天气晴朗，欲为城外之游，以病后终觉精神不振。

二十日

早起，衣冠进城，拜会黄杏川刺史。谈泸州民风士习，且言四川州县，应酬太繁，缺虽膏腴，终岁为他人作嫁也。

二十一日

饬家丁收拾书箱等物，明日上船。坐守泸州，将两月矣！上船后，又须等水手舵工齐集，才得开行。消耗时日，使人头须欲白。

二十二日

早起，下行李什物于船，旋诣河干祭江。诸事妥顺，胃疼耳疾亦愈。自八月初三日，住泸州刘姓寓舍，终日如坐愁城。其地方亦无邪异，只房屋位置、床榻方向处处看去不顺，便觉胸中作恶，此亦运舛使然也。舟中虽小，而安排一切，俱有条理。

二十三日

舟中看雨，觉意致清远，积闷一开。

二十四日

早起，雨声清澈，篷窗看书，批点已毕，静念逝者不可复生，徒思无益。家山远在七千里外，鞭长莫及，姑且置之。啜茗远望，江天如画，亦可以消遣长日也。云南运铜委员杨大令来辞行，言铜差领银较多于黔中铅差。铅斤以块数点交部中，不能以少为多，以多为少。至交铜，则零星整碎不一，使费不到，则部吏上下其手，久困京城，旅费不赀矣！约计部费须三千金，才得了当。

二十五日

舟中苦寒。骆小松来河干送行，未会。杨大令舟已全数开帮矣！

二十六日

另雇一舟厝逝者。诸事妥顺。焚香，书数语告之。

二十七日

查点各船，计大船八只，中船十四只，兵牌船一只，快船二只，小划船二十二只，装铅二万一千七百三十二块，合共一百万又十万九千斤。约十一月初八日全帮开行。

二十八日

舟中看雨。饬家丁等清算日用账。买黄连十斤，土物之有用者，为馈送家乡亲友之物。

二十九日

袁船户到舟中，言贝母分二种。有浙贝：颗大，而性缓无力；川贝：颗小而质坚。所谓“川贝，母也”，化痰最效。买十斤，每斤一两二钱。

三十日

筹办舟中琐事。

十月初一日

天气浓阴，恰不雨。驾小舟，游东山大佛寺。寺在山半，砌石蜒蜿如长蛇。环寺皆紫竹，大者如盎，细者如绳。俯望泸城，如在怀抱间，凭眺久之。登舟进东门，宏德堂买书《廿一史约编》，板甚好。《昌黎全集》，板亦佳。去银一两。步行回，颇倦。

初二日

催促船户，将舟中应办事件一并妥备。俟头工、舵工、水手齐集，定于初八日开行。如舟中事尚有未完，则船户办公不力之咎也。小人志在为利，如先行给予，则意无所图，百事俱废。如以刍豆引马：置刍豆于百里外，则行百里；置刍豆于千里外，则行千里。

初三日

早起，读昌黎诗，觉胸中才思踊跃，触物皆有色相，可以形容得出。知古人学富而情长，千百年后，犹引人入胜。袁船户意在多支数百金，买货装至江南发卖。允之。彼恋其私物，则保守船只，竭力不敢稍懈，亦大有益于公事。

初四日

早起，摒挡琐事，将别泸州矣！书一诗纪之：

泸州好山水，城郭亦不俗。
曾峰雉堞间，长江一曲束。

况复大有年，丰穰庆民物。
我来泊舟初，豪兴欲吞蜀。
急借志乘看，名贤足芳躅。
放翁诗尚存，了翁碑可录。
李焘作长编，旧治谁能续。
子奇台亦登，武侯祠在瞩。
拟于公事余，逐处搜根窟。
谁知命途舛，灾患动相触。
妾病呻在床，伤心语刺骨。
婢妪不解事，药饵须手度。
恨无返魂香，一命去仓卒。
客中无亲人，经营及茵褥。
斋奠具体微，琐琐颇烦数。
作达吾亦能，痴情祛无术。
彼逝吾勿哀，吾生竟谁恤。
况复在官身，爰书日相促。
奋力强支持，一病如桎梏。
肠胃隐作恶，捧心困蜷局。
客来却不见，忍病如忍辱。
伤逝而念家，憧憧复突突。
圣贤处此时，恐亦难自勖。
廿日幸安全，彼苍赦其酷。
克日又登舟，少少遂所欲。
帆樯幕大江，拜跪极繁缛。

念此两月余，在官如在狱。
兹幸放舟行，回头仍郁郁。
须臾百里余，青山森万笏。
一笑谢泸州，从今莫予毒。

初五日

舟中看头工、舵工，收拾什物。头工者，船头掌篙者也；舵工者，船后掌舵者也。舟中此二人最紧要，工价亦十倍于水手。由泸州至重庆，谙习水路，险异曲折，一动手皆中款曲。船之所以迟迟者，以待其送前帮回，才得送后帮也。然伊等技艺，只熟悉此四站路，过重庆则一步不能行矣！经工者，专管造船、监工、行船、收检篙桨，并约束水手之不循规矩者，盖一舟中之当家人也。

初六日

黄宝山来舟中送行。长谈去。其人精明而谨饬，是江右本色。馈送酒肴咸菜等物，收之。家丁等，分派各舟，各管各事。

初七日

晓起，雨窗极静，读昌黎《送穷文》，偶有所见。此篇后儒纷纷议论，以为公生平耐不得穷乏，故《进学解》等文，皆有牢愁不能自持之意，此皆未细玩斯文之旨也。窃谓公之乐天知命，正于此等处见之。孔子欲居九夷，又欲乘筏浮海，戏子游以牛刀割鸡；孟子人知之亦嚣嚣，人不知亦嚣器，以好货好色，随口对答，引圣贤为证据，借齐人妻妾，忿骂卿相，似皆有恣肆嘲谑、玩世不恭之意。要之，圣贤本色，由衷之言，亦于无心口吻征之。至后儒则不然，语语皆有斟酌，事事都有分寸，将其胸中喜怒哀乐，矫揉造作于规矩准绳之内，所谓“久假不归”，乌知非其有也？

初八日

辰刻，着衣冠，坐船头看开帮。计大船八只，每船水手六十名；中船十四只，每船水手四十名；并差役、家丁，快船、兵牌船、划船各三二人不等。总计全帮千二百人有奇。自辰至未，始全数开完。得一诗，命篇曰《开船行》：

鸣钲三罢人如雨，一片喧阗撼江浒。
大舟蠢动力搏象，小舟跳掷惊窜鼠。
一舟开动众舟移，须臾肃肃离其伍。
舵工捩舵如捩机，头工撑篙如撑弩。
经工高踞大船巅，顾盼全帮畏龃龉。
其余水手听指挥，凛若群奴奉其主。
移时掉转大江心，衔尾前行颇楚楚。
黑铅白铅百万强，大舟小舟次第举。
一官张盖殿其后，督运旗牌树三五。
书生自笑本粗材，聊亦当官一小补。
问途过境烦牧令，勿以稽延嗔大府。
晨昏握算更持筹，膳养千夫劳镇抚。
早知如此位吾侪，教养何须谙治谱。

官卑甘苦无不尝，惭愧非文亦非武。

逢人忸怩书头衔，身是江湖一俗贾。

初九日

雨中过弥陀岩。得绝句：

一层石壁一层土，折叠浑如扇子形。

我惯看山千百态，到兹双眼忽然醒。

晚，泊合江县。县治滨江，山势平远。问土人以少岷山在何处，皆不知。考合津，汉为符县，萧齐为安乐县。西南有安乐溪，问之土人，皆不知也。合江至泸州，水路一百八十里。下水迅疾，船重而行最利。灯后，姚安自合江取结七纸来。县令某闻系当涂人，遣丁送酒肴至，璧之。

初十日

早起开行。天苦寒。江津道中，河面宽阔，望两岸山色平远秀倩。晚刻，即事绝句，寄友人陈某：

一缄芳讯剧绸缪，四字红笺笔意遒。

知否樊川今老大，为君惆怅过渝州。

匆匆过灌口，未及拜二郎祠。是晚，野泊。

十一日

早起，舟行。远望平畴千亩，无复崇山峻岭。天气不寒不暖，耕牛满野，麦浪青青。人家朱门粉壁，在竹树疏密之间，宛然北方三月初旬风景。舟中眺瞩，似又远胜湘南。午刻，过江津县，城郭整齐。近岸居民多种甘蔗。橘柚酣黄，连山遍岭，不知几千万树，亦大可观。得句云："绿云双岸蔗，黄树万家橙。"江津距合江，水路约二百里。过猫儿峡、龙门滩等险，极平安。是晚，泊大沙坝。距重庆四十五里。二更后，姚安取江津结七纸到。

十二日

早起，核算铅块，各船俱呈送清单来。江中大雾弥漫，开船稍迟。巳正时，抵重庆。遣姚安至存少柏寓，询一切事宜。杨静山、崇野渔俱遣丁讯问。舟至重庆，则泸州之头工、舵工、水手千余人如鸟兽散矣！太白诗：

峨眉山月半轮秋，影入平羌江水流。
夜发三溪向三峡，思君不见下渝州。

重庆，即古渝州。水曰渝水，酒曰渝酒。汉时乐府"习巴渝之舞"是也。重庆首县为巴县，古巴子国。江流曲折，象巴字形，故名。

十三日

过江拜会重庆府朱太守、巴县李大令、川东道林观察、江北厅沈司马，俱长谈。云南某官，运铜苦资斧乏绝，不能开行，为之焦灼。长途跋涉，而筹备不慎，在路求人，以为可恃，殊孟浪也。

十四日

早起。云南杨静山拜会，与之筹划某官事，尽其力之所能为。大家商议非为人，非为名，义之所在，行吾心所安而已。

十五日

早起，过江。览重庆城市之胜。廛舍繁华，居民辐辏。全蜀水路商贾荟萃之所，上通云贵，下达吴楚。民气恬和，无湘鄂嚣张喜事之习。晚刻，赴江北厅之招，酒筵丰美，主人言动安详，熟悉官场套数。言及某官事，似迥不相涉。将伯之助，万难相强，可知平日知交极水乳之和，一涉银钱假贷，便反眼如不相识。宦途尤甚耳。量入为出，虽近鄙吝，不可不善自筹也。

十六日

杨静山、崇野渔俱登舟长谈。为某官事，另行设法，予亦极力怂恿。然人情凉薄，可恃而不可恃也。

十七日

早起，祭江。船户演戏敬神。紫云宫小坐，看演戏。赏各头工、舵工钱文、茶叶、烟盒等物，小人乐得其欲，欣然拜谢而去。犒船户以靴帽袍褂，定于月底开行矣。送杨静山起行。某官事，看光景终不能济。善乎静山之言约："宦家子弟，看求人太易，事之所以无成也。"林观察送肴蒸，收之。

十八日

舟中料理琐事。读昌黎集，有感近世诗人， 妆点造作，令人读之沉沉欲睡。本寒素也，而好作富贵语；本悲戚也，而好作欢娱语；本平浅也，而文之以艰深；本枯窘也，而演之为浩博。而且务为大雅，开卷便和韩苏；浮慕古人，琢句必仿汉魏。格格不吐，则曰含蓄；陈陈相因，则曰妥贴。究之掩卷一思，不过摭拾文选、韩苏之吐余耳，其中无所有也。言不由衷，徒袭皮毛。一日可得数百言，亦有何味？自欺欺人，而终归于肺肝如见。试看古大家之诗，只是一个“真”字。言穷窘逼真，言富贵亦逼真；言得意逼真，言失意亦逼真。语语皆出之性情，间以粗率拙滞，愈形妩媚。今人作诗，一着想便恐人讥诮，一涉笔便欲有来历，故愈雅愈俗，愈工愈率，愈掩饰愈暴露，所谓今之学者为人也。

十九日

遣丁持帖，请江北厅司马、巴县大令盘验铅斤，预备赏号，此亦虚应故事，推立法之意。盖以铅船至钜，恐船户等夹带私盐耳。川盐之佳者曰锅巴盐，性淡而味短，不及长芦远甚。每斤须三十钱，价亦较长芦加倍。古人煮海为盐，山东、直隶一带，盐斤所以擅胜也。是日，崇野渔至舟中，长谈去。

二十日

作书答李双圃方伯，略言舟行利弊、川省民间官场大概。所嘱江津县事，已为转托观察某公矣！

二十一日

闻崇野渔开船，须二十四日。如此，则水手不足备两帮之用，又须耽延，使人烦闷。是夜，梦有人如旧识，诵其所作诗云："有意种花花不发，无心插柳柳成荫。"又曰："报国心还赤，怜才眼独青。"醒而记之。前二语，俚语也，熟习闻之，容或入梦；后二语，似是狄梁公、裴中立一流人物，与我无涉。或古人有此成句，偶遗忘所出耶！四语殊不伦，姑书之。

二十二日

早起，得一诗：

渝州半月小盘桓，全蜀繁华此大观。

官运铜铅三峡水，云南运铜，贵州运铅，皆泊舟江北厅水次。商通花布七门滩。蜀中繁富，而棉花布匹不足大商贩花布，水路极险。

时清夷猓无边警，马边、峩边，近日极安静。岁稔笙歌到夜阑。倡优之戏极多。

考古欲分江内外，更无志乘借来看。

二十三日

欲出门拜客，以阴雨不果。计各项账目，船户支销，综核家丁差役工食，书手谕示之。窃谓君子喻义，小人喻利，皆无微不至。喻义者，有时为利，樽节日费，约束游荡，口中言利，而心为保全众人，使始终如一，仍以义言利也；喻利者，有时为义，酒筵丰美，出纳慷慨，口中言义，而其实为借贷通融联络声气，仍以利为义也。就眼前事一为看破，则一部廿二史，类如此耳！太守某送盘餐，收之。

二十四日

早饭后，至重庆府、巴县辞行。又答拜委员刘炳南。见林观察。

二十五日

舟中料理琐事。水手不齐，须多待数日。本日天气晴朗，连日阴寒，忽睹太阳漫天，亦大可喜。柳文谓蜀犬吠日，盖言日出之少耳，犬吠则未也。是日，两家丁告假。且奸禀同事之人舞弊，造作语言，一笑置之，听其去。小人不自知其一无所长，见他人为主人所用，则气忿。其意若曰："宁与俱败，不与俱全。"若如所言而切究之，则中其术矣！此亦二十年来所见惯者。

二十六日

天气晴朗。云南委员某登舟久谈，其事似稍有头绪。并言寅好坐视不理情态，可知穷途告贷之难。昌黎谓"语言无味，面目可憎。"人当求人时，大抵如此。

二十七日

舟中苦闲，著《郭子仪论》，未成篇中止。读倪元潞题元祐党人碑，跋云："小人之谋，无往不福君子也，安分知耻，不怨不尤。恍然怡然。"

二十八日

天气晴朗，乘小舟带小仆二人过江。进朝天门，至校场书坊买书，类多时文经艺，无可买之种。王兰泉《春融堂集》，至三十二本之多，内《征缅日记》《蜀徼日记》，似可看。略一翻阅，不甚惬意，未买。买《仇注杜诗》一部，去银八钱；《朱子古文》，去银三钱。校场多回民小贸，米盐凌杂，繁闹之至，恰无嚣张斗殴者，亦足征民气之静。由对河望重庆府城，环山一角，廛舍之低昂，因山势之高下，层层矗立，如蜂房水涡不可以指数。江北厅人烟少逊，而地势较高，危城雉堞，如雁阵排空，与府城对峙，亦不形低亚也。城下万舟牢系，炊烟缕缕上腾，地名“打鱼湾”。李青莲“江城如画”句，此亦足以当之。

二十九日

遣人过河，取昨日所买书。《仇注杜诗》凡十六本，《朱子古文》六本。读朱子与汪尚书书，累数百言，深鄙苏氏之学，以为尚在王安石之下，倘得位行权，即又一蔡京。文笔纵横刻入，辟易千人，然论东坡处，平心察之，皆未允也。

十一月初一日

计维舟重庆，已二十日矣。客绪无聊，戏为《铅船杂咏》：

铅船长十丈，廿尺作官房。
篙橹争前地，庖厨溢后舱。
仆僮声唧唧，门壁响琅琅。
谋作经年住，心情转觉长。
船屋真如斗，朝朝暮暮居。

近窗安笔砚，围榻列图书。
周折身常缩，伛偻步自徐。
古人曾土室，相较自宽余。
颇有看书兴，开窗爱午晴。
丹黄真得解，嘈杂不闻声。
对酒前贤在，扪胸古事撑。
至前嫌日短，转瞬一灯明。
重庆栖迟久，千夫凑集难。
会须乌合众，排作雁行看。
防贼宵常警，筹危午废餐。
诗书浑欲弃，潦倒作粗官。
晓起开门望，茫茫雾满江。蜀江，辰刻多雾，对面不见人，篙工等谓之“罩子”。
迷濛粘谷水，渐渍湿纱窗。
廛市招呼响，巴痛欸乃腔。
但闻浑不见，窗近钓鱼矼。

初二日

冬至。作诗：

舟中过长至，江暖日华新。
在署恭朝贺，居乡订主宾。
廿年双白鬓，万里一微臣。
笑对丁胥辈，还来送喜频。

灯后，船户袁姓戒舟中人，三更时听叩门声，皆勿语。有法师来打卦，占前路吉凶。予谓可以勿庸卜以决疑，不疑何卜。此公事也，吉则前进，不吉能中止乎？徒乱人意耳！丁胥谓各帮皆如此，只好随俗。笑作一诗：

路自戎渝下，江行奥且深。
风波休问卜，忠信早盟心。
杜老悲歌句，涪翁肮脏吟。
予怀殊落落，怀古豁凡襟。

初三日

舟中作诗：

久在舟中住，舟中即是家。
观鱼僮学钓，照水婢簪花。
短几晨磨墨，红炉晚吃茶。
开门时一望，烟雾浩无涯。

至后颇晴暖，温暾晓日来。
漆扉烘药启，红砚点书开。
呼仆细量酒，计钱思买梅。
莫嫌猥琐甚，相思免低回。
读书有心得，如雪点红炉。
半日机神活，一毫渣滓无。
腐评乱真解，鱼目混明珠。
安得都成诵，光明方寸储。

初四日

作渝州竹枝词二首：

朝天门外江水环，晚来问渡多红颜。
纤手数钱付舟子，送侬只到打鱼湾。

一塔秀森江北厅，小舟三五行又停。
家婆在舟女在轿，官舫有人卜小星。

是日，存少柏遣家丁来问讯，言楚铅已自泸起拨，委员勒索多金，此亦意外不及料者也。凡与小人共事，不可以直道而行如此。

初五日

舟中料理琐事，云南委员某遣丁来，意欲求让伊先行，此必不能之事也。公事公办，非妇人姑息爱好，可以迁就者。

初六日

为家丁差役等开发工食。小人之心，未易餍足。受主人豢养，不自量其才，终日妄想，以眼前之吃饭穿衣，为固有之物，且自负将来，不知如何发达，时时自觉屈抑不得志，此所谓奴子性也，不必教诲，亦不屑教诲。全蜀形势，在舟中无从规抚。考南宋理宗时，余玠宣抚重庆，纳冉琎、冉璞之谋，从合州筑钓鱼城，谓如此则全蜀可保。后亦不见成效，玠未几以忧死。意钓鱼城当水陆之冲，下可以为长江之保障，上可以扼陆路之咽喉。屯兵置将，如一夫当关，万夫莫敌耶！惜不得土著通人与之一抵掌谈也。

初七日

遣家丁赴巴县投文，明日将开行矣。《舟中闲遣》：

久客渐忘身是客，客中眠食觉相安。
偶呼老婢谈家事，笑看庖人制午餐。
杜老悲歌时三复，放翁游迹任盘桓。
闲情莫遣乡愁乱，解缆夔巫取次观。

初八日

早起，清查水手，仍欠二百余名，须再淹留一日。饬姚安至巴县，并城守营，求实派差兵八名，护送前进。其饭事盘费，由运官给发，勿烦地方官赔垫。差兵护送，并各府俱有文武委员，尾随弹压。此照例之事，何也？运官例带差役七名，焉能照料千余名水手？各地方官，沿路按站护送，定例极为慎重，然皆视为具文，委员奉委，先索盘费，或行或不行，兵差亦先索饭食钱；或一二名上路，途中如有事故，仍运官一人吃力。此弊竟万不能整顿，即亲向地方官嘱托，亦一笑置之而已。窃谓，今之为官，不必格外讨好，即照例应办之事，略一顾名思义，以实心实力出之，则中流砥柱矣！

初九日

早起。坐岸上，催促河差，凑集水手，诸务既毕，陆续开船十四只。适以阴雨，后船不能解缆矣！晚刻，重责水手三名：受值到汉口，行里许即托故逃去，拿获严惩，以儆其余。

初十日

早起，雨止开行。一切妥顺。晚泊扇子坡。两岸山势平远，江面开阔，去巴县九十里。

十一日

黎明起，着衣冠，坐小舟压滩。压滩者，舟过险滩，官坐岸上，照应全帮，陆续前进，使水手加力小心，曲顺急溜，以下不致触石而坏也。午后，过长寿县。县城在山上，距岸五六里，遣姚安贴印花，匆匆未及游眺。过滩时，俱顺妥，地名王家滩，护送武弁余某，并差兵等摇旗鸣钲，舟中人俱有戒心。压滩时得一诗：

舟过养蚕堆，江中流大石围圆森立，土名养蚕堆。水势渐逼狭。
急溜触危石，横亘如放闸。
官乃肃衣冠，乘舟小如叶。
据岸坐胡床，来舟束如劫。
努力一鸣钲，危樯百夫挟。
拗舟如拗铁，屈之使之贴。
前舟转眼过，后舟竞相接。
兵役皆健儿，肃然颜色怯。
须臾仆数完，平安如奏捷。
官乃大欢喜，群情亦怡洽。
入险复出险，万里占利涉。

与余弁谈及马边厅等处夷匪滋事情形。言夷人性懒惰，不肯以耕凿谋生，贫迫无聊，即聚众出山抢劫。多不过二百人，少不过数十人，得财物即散，非有叛逆大志也。沿边多派弁兵严查，彼亦不敢轻出。审如是，则制夷之策，亦易办理。前大吏欲奏借帑金，调万兵进剿，殊属多事之扰，宜其为廷议所格也。

十二日

早起，坐船头，放船。按所编号数，鱼贯而前，俾不至挨挤撞触。以船多而痴重，篙桨皆不易为力也。饭后，过涪州，涪，音符。黄山谷旧游地。闻有涪翁亭，问之水手皆不知。两岸皆杉山，巨石缘江绵亘，数里不断，截然障江如壁。土筑黄河堤，无此整齐也。得一诗：

闻说涪翁此筑亭，崩崖断碣尚题名。
停舟不得聊相望，顿觉溪山大有情。

十三日

饭后，过丰都县。县治据江岸，背山临流，东北一峰，势如回抱。江中顽石，大者盈亩，小者如席、如盖，磊磊约五六里许。城东有虎须滩，《水经注》："滩水广大，夏断行旅。""瞿塘漫天虎须怒"，杜工部句，极状其险也。得一诗：

路出丰陵驿，危城据急湍。
未过鱼腹浦，先将虎须滩。
幽怪事无证，江山迹可观。
层峰兼叠嶂，回首望漫漫。

晚坐杨渡溪，看众舟泊岸，口占：

一一归舟紧，纷纷拢岸时。
疾如蛇赴壑，倦似鸟栖枝。
人语喧成市，灯光烂照陂。
众舟安力食，相对也堪怡。

十四日

饭后，过忠州。以巴曼子、岩颜皆忠烈，故名。城市卑小，廛舍亦寥寥，不似郡治。杜工部《题忠州龙兴寺院壁》：“小市常争米，荒城早闭门。”荒凉落寞，自古已然。闻有四贤阁，在州北，为刘晏、陆贽、白居易、李吉甫四人也。黄山谷有记。匆匆未及一访。咏古得一诗：

路接泸渝开郡治，漫言小市与孤城。
陆宣远谪唐无相，杜老留题地有名。题使君宅、禹庙等诗，皆少陵忠州之作。
三峡波恬明月小，杜诗“忠州三峡内”，三峡者，以明月峡为首，巴峡、巫峡为中，东突峡为尾，详仇注。四贤阁峙暮云横。
由来远宦皆贤哲，我亦何须怅此行。”

窃谓陆忠宣之相德宗，其言行出处，不愧圣贤。房、杜、姚、宋，皆不及也。奏议笔曲而达，虽骈言，而字字俱有精义，立可见之施行。德宗，中材之主，患难相依，所言亦听从十之七八。厥后，遭谗忌之口，所以拳拳不忍去者，亦孟子王犹足用为善，三宿出画之意。胡致堂论史，谓公不能引退，非君子见机之智，以悻悻之褔心，昧古人忠君爱国之大义。予尝有句云：“宣尼虽殁有天道，宋儒开口无完人。”正谓致堂苛求不已也。刘晏长于理财，相时度势，动有操术，樽节爱养，不病民而国用以裕。读其本传，所设施各条，与桑弘羊、王荆公之术迥异，后竟不得其死，此与李深之之死于非命，皆天也，非人也。而论者乃谓：“晏之见杀，乃长于理财之报，仰何以成败论人之苛刻无理也哉！”白香山，自号乐天，所到处随时行乐，真达人也。在忠州诗云：“荔枝新熟鸡冠色，烧酒初开琥珀香。欲摘一枝倾一盏，西楼无客对谁尝。”恬退自安，真可为仕宦之法。景仰古人，得绝句云：

荔枝烧酒成佳咏，远谪忠州兴不阑。
解识名贤恬退意，天涯何处不平安？

是日，乘小舟急赴砦尾子压滩，幸俱平安而过。然第八号大船，几乎收拢不住，亦可危也。晚泊巫林溪，去万县一百里。重责头工、舵工二名。晚刻，巡察各舟，谆谆晓示。

十五日

早起，入万县境，山色渐明秀，不似忠州之错杂童童，无理趣矣！天气晴朗，开窗四望，众舟依次而开，亦大可观。万县，蜀汉时为南浦县，后改为鱼泉县，在夔府之西。沿江峰峦秀耸，有太白崖、岑公洞，舟人约略言之，不能实指其处也。万县道中，晚泊得一诗：

欸乃声将倦，舟行欲暮天。
岚光涵石隙，斜照抹山巅。
华盖岩何处，峨眉碛那边。华盖岩、峨眉碛皆万县佳胜，舟人不能道其详。

县城知不远，皎皎月光圆。

晚泊盘陀，云阳县境内，去县三十里。

十六日

辰刻，过云阳县。县治滨江，据岸山之阜，峰势东趋，络绎二三里，至县城而止，地基高耸。杜工部诗：“云安县前江可怜，百丈谁家上濑船。”即此地也。过桓侯庙咏古，得一诗：

将军真国士，生气凛千秋。
瞋目惊曹贼，施鞭藐督邮。
礼贤终克蜀，择主只依刘。
我是乡人过，焚香为少留。

是日午初，乘小舟，前赴东洋子压滩。疾行二十里，适风暴大作，急饬前后船拢岸，不能过滩矣！闻前有客船装米，触石而坏，风涛之险，不可思议如此。顷又闻云南杨静山，坏铜船二只。又闻崇野渔，坏铅船一只。自忠州至云阳，皆川江极险处也。闻信错愕，饬船户等持重小心，多添水手。即事得一诗：

见说前途险，憧憧动不禁。
计程先失色，闻信更惊心。
石屹戈矛立，岩崩虎豹蹲。
我虽能作达，到此亦难任。

是日，拟过滩，风大，只开船六只而止。

十七日

雨化为霰，守风苦寒，作《过东洋滩记》：

东洋滩，距云阳三十里。左山而右石，山如壁，石盈亩，宽不及十丈，大江浩渺，至此一束焉。山根石，齿齿然若奔牛骇马之相向，巨石森然，若断若续，绵延四五里，槎枒突怒，如鬼怪之指，顾逼人也。水从中下势绝徒，上注下承，起盘涡如巨冢者，累累以百数。舟至此，掌舵者捩而左，搬钊者拗而右，左右逼中，直冲而下，一转盼即过滩矣！舟第二号，掌捩稍不如法，至滩心久旋转，岌岌乎如一叶之拒狂风，眼看倾覆矣！与船户、差役、家丁，在岸招呼，鸣钲放炮，恰束手无策，不能助一臂力。舟下而复上，上而复下者，约一时许。幸而直下得无恙，视岸上人，气尽声嘶，色若死灰，余亦僵立，不能一步移、一言出也。自重庆开行，险要不一，此其极焉。故记之。

十八日

早起，风少息，乘小舟赴前滩开舟。至中流，风大雨急，又不能开行矣！仍回船，静坐看书，听人声嘈杂，风浪怒鸣，上下不接市镇，山坳中渺无人烟，水手皆褴褛乞丐，千百人纷纷围聚，不能无警心焉。遣姚安回云阳报阻风。发抚宪公文一角，报夔州府。

十九日

仍守风，闷坐无聊。考杜诗注白帝城、滟滪堆、瞿塘峡、鱼腹浦、瀼东、瀼西、八阵图等处地名，与俗所传互有异同，姑记之，待过舟时，一亲览焉。鱼腹浦，在奉节县南三十里。武侯八阵图，聚石各高五尺，广十围，凡六十四聚，纵横棋布，夏水涨则不见，冬水退依然如故。白帝城在夔州府东五里，东傍瀼溪，杜诗所谓“瀼东瀼西十万家”是也。滟滪堆，在夔州府之西，大江中心，夏水涨，半没，冬水浅，出二十余丈。瞿塘峡，在夔府之东，旧名西陵峡，乃三峡之门。倘至夔州府，借府志一考，则疑者信，而误者真矣！守风枯坐，得一诗：

巅风犹不止，竟日苦嚣烦。

舟住将三月，乡愁积万言。欲寄家信，苦无马递。

下渝无挂席，船行即顺风，亦不挂帆，以极险故也。入峡不闻猿。舟多人众，不闻猿声。

排闷从谁语，携书再一翻。

二十日

早起，大雪，四山皆白。风少息，乘小舟仍赴东洋子，看各舟过滩，一一幸俱安妥。是日，即开行十里，至庙矶子压滩，亦皆平安过去。放赏，共去钱四十五千。坐岸上与委员刘炳南长谈，其人系佐杂中之明白而至诚者。询问川省事宜，俱能言其大略。

二十一日

辰刻，慈庄子过滩，得一诗：

两山对峙势如怒，千里长江兢奔注。

解缆前后廿余船，至此踌躇劳四顾。

我乃长揖对青山，臣欲直前须让路。

山容似笑许放行，但饬小心勿驰鹜。

我乃约束众舟子，一一徐来不须怖。

滩急吾缓避锋芒，滩狭吾安宽进步。

过滩绝不与滩争，滩奈吾何一笑付。

须臾容与漾中流，却顾危滩成大悟。

尽吾人力听吾天，君子何忧亦何惧。

午后，过峡，看两岸山色：

行行已过瞿塘峡，料峭风吹雪后天。

一水漫流如作势，两山相对欲争妍。

夔巫险奥探将入，蜀楚咽喉此最偏。

尽日船窗关不住，踌躇凝眺讶登仙。

前诗意不能尽，再作一首：

岭半复生岭，山腰又起山。

江流分两界，云影度中间。

野庙墙逾白，人家树自殷。

我惭无健笔，突兀写峰峦。

申后，至夔州府，泊船野岸。进城拜会刘见甫太守、名裕钲。张问舟大令，名元沣。为言各帮铅船。夹带货物，往往为关税停留，致滋烦扰，不知经工所带，皆粗重，所值无几。所以不禁者，为照料船只，过险滩时，伊等用心防备，亦权宜用人之一术也。若照例上税，小人毫无所利，即将粗重物丢掷，不复前行矣！至大商富贾，细软之物，绝不交铅船携带，何也？千百水手，皆无赖亡命之徒，一畏偷盗，二畏滋事。至私盐、私钱、私硝磺，官之考成所系，运官查核，断不准带。即揽总船户，亦有身家性命，防备周至，尽可无虞也。往复剀切，为刘太守言，似以为是，未审肯免税否。

二十二日

料理舟中盐米琐屑事。重责水手，以其乘间脱逃也。官吏查船，意颇和顺。语以一切利弊，似不甚刁难。此国家公事，不亢不卑，措置须有斟酌。晚刻，又赴夔州府、奉节县一行。灯下免单到，明日可以开行矣！

二十三日

看白盐山，得一诗：

白盐山咫尺，夔府万家临。
拔地玲珑起，撑空突兀森。
锋芒矜瘦透，丘壑耻阴深。
杜老栖迟处，秋兴再四吟。

是日，坐岸上看开船。全帮行讫白帝城，在山岭之上，旧址犹存。下即大江，回环石壁，千丈无寸土，森凛可畏。远望城垣，隐隐可辨。中有红墙古庙，未审是蜀先主旧殿基否。咏古得一诗：

毕竟英雄有性情，全军虽覆尚威灵。
拼将正议违诸葛，不负初心慰寿亭。

遗诏托孤真磊落，雄心垂死要分明。

焚香卖履何人事，平等相看论未平。

滟滪堆，距白帝城咫尺，矗立水中，左距江岸约五六丈，右距江岸约十丈，堆高约六七丈，围圆约二十余丈。虽不透露，而石致璀璨，垂垂若绉縠纱纹，邃密可爱。舟人云："水与石平，则往来船只不敢行矣！残冬之候，石现多半，履险如夷。"两岸石嶂岩岩，令人神悚。蜀人谓："川江滟滪堆，如锁之有簧，如咽之有喉。"良然。是日，舟泊风箱峡，又得一诗：

徒觉森森毛发竖，风箱峡里停舟处。

青山变作黑铁色，壁立千寻无寸土。

两崖对出若争长，石笋刺天天为俯。

我来错落廿余舟，诘曲徐行如伏鼠。

讶入穷巷深复深，讶欲排墙堵环堵。

风鸣石穴作鬼啸，冷沁肌肤气消沮。

晴和风日忽幽阴，仰视遥天才一缕。

浓岚逼近手可掬，氤氲溢入船窗户。

舟人踯躅前致词，日暮前途防龃龉。

一舟才泊众舟挤，衔尾湾环十里许。

鸣钲不复音琅琅，如在瓮中敲布鼓。

夜深灯火聚千人，魑魅成群罯地府。

我浇斗酒看奇书，秉烛长宵亦无苦。

明朝解缆问前途，还我清明好天宇。

二十四日

辰刻，过巫山县。县治在山上，规模狭小。舟入巫峡，山势较昨日稍宽。两岸巨石横亘，如顽铁铸成，累累不可以目极。山上人家多穴居，幽崖暗壑，斜磴迢迢，居人往来，如履户阈。得一诗：

三五见人家，炊烟半岭斜。
穴居同鸟雀，生理昧桑麻。
鸣吠无鸡犬，樵渔半妇娃。
此中真太古，过客未须嗟。

张问舟大令，遣使馈香片茶，糗面极佳，诗以志谢：

适口寻常物，舟中得最艰。
茶香媲京国，饼味似家山。
制笑厨人拙，烹嫌婢子顽。
题诗聊志谢，长路解愁颜。

午后，遥望神女峰，得绝句：

巫山十二峰堪数，云雨襄王剧可疑。
厌听人谈神女事，焚香遥拜不题诗。

申正时，入巴东界，湖北省所属矣！巴东大江左岸，有秋风亭，宋寇莱公古迹，问之舟人皆不知。题一诗：

巫云楚雨说巴东，千古才人梦影空。
为问秋风亭在否，一杯酒酹寇莱公。

尝谓寇莱公之在宋，犹杜黄裳、李德裕之在唐，皆有维持家国之伟绩。史氏叙三人行事亦最详，所谓照耀古今，增光史册者也。按宋史，毕士安力荐寇准为相，真宗曰：“闻其人好刚使气。”对曰：“准方正慷慨有大节，忘身殉国，第不为流俗所喜耳！”此言切中，试思为流俗所喜，其人尚可问哉？大抵明于大计者，多忽于细故；忠于为国者，皆简于徇人；其胸中有真本领者，其外貌必不轻浮。流俗所尚，皆其所薄，欲为人所喜也，难矣！是晚，泊巴东官渡口，回望巫山，得一诗：

向夕泊留官渡口，巫山回望胆犹寒。

船多峡险铅斤重，十倍寻常蜀道难。

二十五日

早起，参戎谢燮臣。行三，名正国，常州江阴人。登舟查盐，耽延半日。与燮臣长谈，备知去岁崇阳叛逆事，并知陈东屏消息。酉正时，过巴东县。县治临江右岸，廛舍无多，亦无城垣。古信陵郡也，春秋为夔子国，宜昌府属。王十朋诗：“城邑旧为夔子国，人民多是楚王孙。”即此地。

二十六日

辰刻，入归州界。后周置秭归郡，唐改为归州。州北有屈原故宅，东北有昭君村。戏咏小诗二首：

处浊无太清，忧时无太猛。

我过屈子宅，肃然发深省。

美人处深宫，乃使画工误。

不必杀画工，君王岂无目？

归州万山环绕，城治滨江，雉堞完好，斜延山上。城下巨石连亘，纠谬无情，磊磊约四五里。是日午后，泊新滩上，候众船齐帮，明日下滩，此极险处也。为文告：

水神。维年月日。领运京铅。贵州候补同知某，谨告新滩水神之灵曰："天涯薄宦，至性不移。临下事上，无虐无欺。京铅百万，国用是资。钤领兹役，义不敢辞。助无将伯，独力维持。自蜀抵楚，一路咸宜。新滩险要，敬告神知。舟廿有二，默乞宏慈。下滩平稳，无侧无攲。至彝陵郡，敬叩丹墀。一羊一豕，侑以歌嬉。神岂爱此？聊表寸私。伏惟尚飨。"

二十七日

辰刻，崇野渔拜会。备言在夔府上下，坏船三只，打捞二只，一船沉矣！不能捞救，言之令人缩舌。乘小舟前赴新滩一看，雪浪如山，高三丈，人力不能□。怅望移时，事已至此，畏缩无益，除饬船户小心办理之外，更无他术也。归州索出结之费，新滩所起拨之费，多一层法网，多一番需索，于公事毫无所助，徒为丁胥肥囊橐耳！谁则知之！申刻刘别驾，署归州牧，拜会长谈。山东人，名万庆。言明日下滩，须将银两紧要之物都起拨，上下人等皆上岸，以防意外之虞。

二十八日

下滩，作《下滩小记》：

新滩距归州三十里，置司马一员，专司滇黔运铜铅起拨事，险可知矣！三滩接连，约四里许。第一滩最要，由上而下，骇人心目。陆放翁《入蜀记》：‘北曰龙门，南曰官漕，来船自龙门上，去船自官漕下也。’船廿二，按号分下，船至官漕口，以一绳计丈尺分寸。船头倒置，徐徐计尺寸无差，则一篙支转，恰与巨浪水平处相对，如箭入彀。船之曲直，与水之纹理相凑，若磁石引针，一吸即过。回顾危险，已在二十丈外矣！稍有碰触，舟中人物，虚空粉碎。每下一舟，令人心胆俱裂。叨天之幸，廿二船，俱平稳而下。晚泊三滩外，灯下念之，犹憧憧不靖也。闻船户姓袁，为过滩，已持斋三日。

是日，下滩事毕，拜会巴司马。归州牧刘某、崇野渔俱在座，谈少时，乘肩舆回船。

二十九日

开行七八里，风起即泊。

三十日

过空舲峡，坐岸上压滩，即事一诗：

已入宜昌界，夔巫气未残。

江回风力蹙，山障日光寒。

律令廑防险，需求赘设官。出结贴印花于运务，毫无所益，只勒索出费。

客愁无赖甚，惆怅岁将阑。

空舲峡，距新滩只十余里，所以谓空舲者。石锋簇立，水溜而急，舟一触石，立即损坏，须将所载之物全行起出，乃可过峡。运铜铅起拨，即以此也。《广舆记》谓空舲峡绝崖峭立，飞鸟不能栖。作看东南山势，良然。过此，幸平安无事。重赏水手、篙工、船户，去钱百千。

十二月初一日

出峡志喜，得一诗：

开船即出峡，渐觉客怀舒。
沉疾将痊候，凶人悔祸初。
江波皆妥帖，山影亦稀疏。
记取嘉平朔，明朝实降余。

距宜昌数里，江岸平坦，有城堞旧基，疑即陆抗故城。怅望久之，惜无土人一问讯也。是晚，泊宜昌马头。灯下饮酒，觉出险之后，胸次一开。

初二日

辰刻，船户、篙工、舵工、家丁辈以予初度，咸称祝，送烛爆等物。盖危滩惊悸之后，艰难到此，咸欣欣有喜色，此亦人之常情，不可拂也。犒赏酒食，使各尽欢。午后，进城拜会博斐菴总镇、陈西樵太守、东湖县双大令、别驾沈秋浦、幕友朱西垣，俱长谈。博雯菴言去岁带兵，守广东，又调赴浙江守杭城，极详悉有条理。又言大将军，于夷匪吃紧时，将镇协参游，并兵丁俱调入城，只一人带兵在石门地方堵截。又言大炮八千斤重，不能转动向贼，徒为无用之物，果尔真不知兵之甚者也。是日，又晤杨静山、崇野渔长谈道路事宜。至喜亭旧址，即在东湖县署，官厅左。欧阳文忠

《至喜亭记》："夷陵为州，当峡口，江出峡，始漫为平流。故舟人至此，必沥酒再拜，相贺以为更生。"至喜亭于江津，以为舟者之停留也。陆放翁至夷陵诗："山平水远苍茫外，地辟天开指顾中。"皆谓蜀江之险。至此，始得平适。

初三日

沈秋浦、洪千总至舟中查盐。船户褊急好利，不知人心不甚相远，多一番巧诈，多一番口舌，无益于事，徒取辱耳！定戏班、买猪羊，择吉明日酬神，出峡幸无颠越，舟人喜形于色。诗以示之：

小驻宜昌百感生，茫茫烟水计前程。
焚香肃拜黄陵庙，回首惊心白帝城。
牢未亡羊仍念补，路多蹶马转因平。
精言难向庸人说，罕譬何妨一再明。

卜日祭黄陵庙，作祝文曰：

入峡出峡，感荷神慈。
茫茫前路，事难预知。
更祈神佑，终始扶持。
焚香沥酒，诚悃将之。
矜全拙讷，鉴恕迂痴。
无淹岁月，无累官司。
长途万里，履险如夷。
芹曝之献，预告神知。
伏维鉴察，肝膈陈辞。尚飨。

初四日

沈秋浦招饮。陈西樵太守亦于是日午后招饮。以头目闷痛，书片俱辞之。秋浦笔札精工，人亦风采，午后遣丁来候，并索书扇，为画兰题绝句。晚，为船户开支应交银两大费口舌。小人嗜利，如田鼠洞穴，不触石不止；如吠犬逐人，不返击不回。比比皆然，无足怪者。

初五日

辰刻，诣黄陵庙致祭，行礼焚祝文讫。猪羊肥硕，戏亦可观。晚，邀崇野渔在黄陵庙观剧。回船，忆前日洪千总言去岁出兵镇江，目击制军与英夷讲和事。纪之以诗：

武夫不讳败，辞气谅非诬。

敌竟客为主，兵真有若无。

初六日

辰刻，船户袁姓以需索刁难，不得如志，唆使众舵工、水手等数十人，拥门求赏，此小人穷计无赖之下策也。为剀切言明所以然之故，并将原券示众一看，始释然而去。船户亦自觉内愧无地也。予非乐与小人角聪明、争口舌，杜后弊而防赔累，不得不然。目击同事各官，深中其术，为之寒心，玩好在耳目之前，祸患在一国之后。中智以下，未有能悟者也。

初七日

辰刻，沈秋浦馈酱乳小菜三种，极美，书片谢之。船户嗜利，如聊斋小说，所记念秧，一计不行，一计又起。其枭狠不必畏，其谄铩尤可憎，嘱家丁等知之。午后，沈秋浦登舟，问疾，长谈，议论风生。言公事利弊，透澈如桶底脱。言寅好品行高下，如数家珍，功名不甚热衷，而精明干练，迥出寻常。虽未深交，若就目中所见，真通才也。敢船户刁难事，嘱家丁后，得二语："见事多如老马路，任人来弄野狐禅。"莞然一笑。

初八日

舟中料理琐事，头目之疾大愈。

初九日

辰刻，陈西樵太守送白面炭圆等物，书片谢之。《留别沈秋浦》：

迟迟解缆为君留，快饮清谈愿竟酬。
监英政繁能洒脱，貂蝉心远自风流。
一杯醇醉周公瑾，万里归惭马少游。
屈指江湖残腊尽，相思遥在谪仙楼。

初十日

早起。《舟中看雪》：

午夜耿不寐，徒觉重衾寒。
疑是大雨雪，坐近篷窗看。
篷窗手才启，雪片如花攒。

我乃大快意，着衣起凭栏。

栏内一尺厚，栏外江漫漫。

万舟寂不动，两岸平如滩。

夷陵城郭近，压白森峰峦。

雉堞似窗网，折折铺霜纨。

廛市无磴道，昱昱辉晶盘。

渔舟渺不见，江水为之宽。

风紧雪愈大，旋转如相抟。

一舟四无碍，有隙皆能钻。

僮奴懒不起，念彼衣裳单。

我自耐久坐，清气横眉端。

黔雪向空化，蜀雪着地残。

两年苦雪薄，今日真奇观。

楚北近丰稔，汉沔无狂澜。

颇知麦子贱，民鲜流离叹。

得此应更喜，万姓环堵安。

我行固过客，默默为之欢。

是晚，沈秋浦招饮，尽欢而散。回船，已初更后矣！

十一日

舟中料理琐事，书诗送沈秋浦。

十二日

舟中读书。午后，陈西樵太守招饮。席间出其少君文艺，通妥有作意。能书，书寿屏十二幅，体近柳公权，年才十五，真佳儿也。西樵使出见客，秀气可喜。为出课题，色难，赋得林表明霁色，课完约为改正。归舟后，已二鼓矣！

十三日

辰刻，送先集小草各一部与西樵，缘昨日当面索取也。舟中无事，将日记校正。饬刘升誊缮。

十四日

辰刻，读《剑南诗钞》。忆予初至湖南时，与沈栗仲、邓湘皋言诗。栗仲谓予诗酷似放翁，且力劝不可读放翁诗，恐入宋人习气，不可救药。予时实未读放翁集也。屈指已二十年矣！潦倒风尘，偶有所作，自鸣天籁，不计工拙。癸卯嘉平，泊舟，借崇野渔《剑南诗钞》一看，昼夜不能自止，乃叹栗仲之言，确有所见。今老矣，于古人文章行谊，无能为役，独韵语有一二。天性之合，若又避为宋人习气而弃之，是自诬其性之所近，而一意徇人，断断不可。且放翁诗，亦岂可易易言哉！忠君爱国，有似少陵；旨远调高，酷近太白；退居恬然，有香山之风致；体物微至，兼大苏之长才；至倔强不同流俗，老而愈辣，则又与昌黎相伯仲矣！予得为之门下，犹曰万幸，何敢勉合时宜，妄自外耶？晚刻，陈西樵太守来舟中长谈，纵论各古文家，以杨诚斋为最，惜匆匆未能借看。又谓余古文一本，俱看完，尤爱《跋吴道子画二首》。为陈世兄名元椠批点课文，交付带去。

十五日

辰起，读昌黎集《曹成王碑》。午后，宜昌管税家丁上船查物。欲以上税量船尺寸，则不得再查货物。朝廷定例，岂两歧耶！此关系荆施道专司，与宜昌府无涉。刁丁滥吏，借端需索，必与认真办理，多一番耽延，若听其所为，殊不成事体。严诘之使，稍有忌惮而已。纪事口占一诗：

久泊夷陵待过关，司关丁役气嚣顽。
设官御暴翻为暴，立法防奸却作奸。
赤手登舟如索欠，朱提入袖即开颜。
寄言堂上悠悠者，万里征夫旅费艰。

十六日

立春，黄陵庙和尚求书扇。读昌黎集。

十七日

读昌黎《罗池庙碑记》。评者谓此篇为语怪之作，予谓民心之所向，神或凭之。柳子厚晚年文章行谊，死而为神，亦理之常也。又读《与华州刺史李绛书》。公与绛可谓志同道合，观其语之亲切，千古令人欣慕。看书疲倦后，仍不能闲，坐船窗小景十二诗。

一曰《掬水烹茶》：

有客赠佳茶，未啜知其美。
自拨红火炉，旋掬绿江水。

二曰《持竿垂钓》：

一枝青竹竿，垂丝拂水面。

得鱼不得鱼，差胜临渊羡。

三曰《挑灯听雨》：

江雨点江波，声声遣睡魔。

乡心与诗思，遑问夜如何。

四曰《推窗看雪》：

畏寒不肯起，忍寒却看雪。

手自推篷窗，枕边飞玉屑。

五曰《小砚点书》：

小砚临小窗，点书情勃勃。

一气数十篇，胸中朗如月。

六曰《小舟问渡》：

小艇傍舟来，向僮一招手。

为问主人翁，今日看山否？

七曰《薄醉临江》：

小饮半醺后，意气难自降。

浩然千古志，一笑对长江。

八曰《中宵坐月》：

万舟静无声，皓月波心现。

此月当此时，独我一人看。

九曰《推篷买酒》：

烟雨迷村店，飘然来野航。
自言有好酒，沽取一杯尝。

十曰《倒坐看山》：

好山对面来，可惜舟行速。
倒坐再回看，山亦如反顾。

十一曰《卧看停云》：

舟行山水窟，云气穿窗过。
一片为谁停，主人正高卧。

十二曰《俯镜澄渊》：

镜面如镜心，俯首色欢喜。
澄之清复清，有本者如是。

十八日

计住舟中已三月矣！此三月中，欣戚悲愉，过而辄忘。官场应酬，一屈指不复记姓名。读昌黎集《开州韦处厚盛山十二诗序》。言儒者之处患难，苟非其所自取，其拒而不受于怀也。若筑河堤以障屋溜，其容而消之也。若水之于海，冰之于夏日，其玩而忘之以文词也。若奏金石以破蟋蟀之鸣。又曰："入溪谷，上岩石，追云逐月，惟日不足，令人欲弃百事，往而与之游，不知其出于巴东，以属朐䏰也。"噫！凡吾人胸中所蕴之理，古人皆透露言之，是盖昌黎自道其所已经也。欧阳文忠公，贬夷陵令，为高若讷不救范希文，与之书。谓讷出入朝中，犹能以面目见士大夫，不复知人间有羞耻事。朋友责善，言亦太甚。若讷奏闻，文忠遂得罪。今按其文，文忠岂不知言出祸随，不可终日，盖义激于中，不能自止耳！吾辈周旋官场，唯唯诺诺，对此能不愧死！不特此也，并有长官于属吏被诬，曾不一援手救，亦摭拾小事，随声附和，念之为长太息也。本日晚刻，陈西樵太守招饮。灯后回船，借得王昆绳古文并西樵诗草来。

十九日

看王昆绳古文，看西樵诗。口占一律赠西樵：

纵谈今古客怀开，再读佳诗的雅裁。
我辈关心惟此事，官场交臂失通才。前在黔省识西樵，未言及诗文。
溪山杜老曾游处，文字庐陵待后来。
樽酒黄堂一为别，峡云湖月重徘徊。

晚刻，沈秋浦来舟中，长谈。

二十日

早起，着衣冠，至东湖县嘱其出差。将上下客船略为停止，不然水手不敷用，则必致误公矣！又至陈西樵署，与其世兄名元棐者谈文。其人年未弱冠，而举止穆静安详如成人。出其课文一本，斐娓有片段。又晤沈秋浦长谈，辞行，并辞其招饮送行之举。回舟中，日已西矣！看王昆绳古文。

二十一日

看王昆绳古文《颜习斋传并年谱序》《五公山人传》

《保定张氏弟兄徇难合传》，此皆家乡先正事迹，不可不知。绳文，博辩有才思，笔力亦雅近左史，只嫌叙事贪多，横生议论，不甚纯粹耳！若只以文论，其气魄深厚，远过魏叔子、侯朝宗辈。其学以颜习斋、李刚主为宗，谓三代井田学校可复；礼、乐、射、御、书、数皆以身习其业；又以宋儒高言理学，无济实用，与晋人之尚清谈无异；又好言兵，凡古来名将大战，皆另出一番见解，以为可操必胜之权；又谓三代以后，所心服者，止诸葛武侯、王阳明二人，其他皆不甚满意。噫！观其所志，亦可谓豪杰，不为苟同者矣！然细观其文，要亦以笔舌胜，而不能有自然取胜之理。慕诸葛武侯，则欲学其躬耕，欲学其八阵图，奇正相生之术，至于淡泊明志、宁静致远、托孤寄命之忧危大节，则略而不言；慕王文成，则欲学其处龙场之苦，学其擒宸濠之功，至于致良知之尊德性而道问学，又不甚推求；若夫鄙薄朱子，谓如晋人之清谈，则又将朱子之身体力行一切抹煞，止就三数语之弊，颠倒驳辩。以予观之，皆所谓客气凌人，非真能返心而安，自然流露也。匆匆灯下翻阅，未及静细，俟至京师，当买一部再批读，确知其是非之所在焉！是日晚，陈西樵、沈秋浦登舟送行。畅言，尽欢而散。

二十二日

早起，天苦寒，北风大作。嘱船户只开行二三里可也。自泸州至宜昌，舟中皆不用篷锚，此后则用矣！水手各舟俱减半。头工、舵工又换人，先所用皆不能前进，迁地弗良，信然。

二十三日

辰起，大雪，苦寒。呵冻作一诗：

冻雪不成花，维舟正复斜。
峭风来自水，奇冷倍于家。
婢缩蹲围火，僮僵怕问茶。
幸储新买酒，拼醉十杯加。

枯坐闲遣，拟古得十题，每日作一二首，以破羁愁。

第一首：

贵人居大府，气象殊丰腴。
俊仆环侍侧，貂蝉耀其躯。
初见亦甚羡，再谒为长吁。
念彼服饰外，索然一无余。
竭尽毕生智，乃致此区区。
区区亦难保，得失心萦纡。
哀哉市井儿，没世难自娱。
自娱亦无他，多读古人书。

拟古第二首：

赵括御秦军，殊为乃父累。
夏侯楙退蜀，敌论等儿戏。
彼岂无所长，乃使为大帅。
或者相貌丰，或者语言利。
既以外才取，又念贤父嗣。
不叩中所藏，三军等之弃。

身为罗绮骄，心为珍错腻。
既不肯下人，又不明大义。
浪战无留余，一败遂涂地。
岂有纨绔儿，能了天下事？

二十四日

辰起，苦寒。午后大晴，全帮始开行。

拟古第三首：

小廉而曲谨，差比放纵贤。
若使任重大，必不克仔肩。
自是则多忌，量褊则施悭。
下有不羁士，彼必苛求全。
太平无事日，或可幸免焉。
若当艰巨投，彼如孤注悬。
右军箴谢万，昌黎规郑权。
器小而受大，覆粟嗟屯邅。
破坏天下事，不必皆巨奸。

二十五日

早起，开船，天气晴明。过宜都县，荆州府属。县在大江右，城郭颇完整。考宜都，汉为夷道县；三国时，改为宜都；唐为东松州。地有黄牛山，江水迂回。信宿犹望见之。行者语曰："朝发黄牛，暮宿黄牛，三朝三暮，黄牛如故。"李白《黄牛山诗》："三朝又三暮，不觉鬓成丝。"

即此地也。江面开阔，山皆平远。回忆三峡，如出井中，复见天日矣！

拟古第四首：

荆公创新法，厥性好更张。
后人鉴其弊，动曰循旧章。
旧章诚可率，要在不愆忘。
顾名而思义，凛凛当自强。
今也则不然，因循狃故常。
成案困讼牍，资格抑贤良。
稍有异同者，众目为猖狂。
大吏习不察，徒饱奸胥囊。
刑曹与诠部，画诺官如僵。
安得一振作，脱颖皆圭璋。

是日，泊舟极晚，约初更后，追及前船齐帮。月黑过枝江县，不辨城郭。枝江有九十九洲，相传多生一洲，则出异人。云梦泽，谓枝江，华容、安陆、江夏，皆其地，非专言云梦县。华容即监利县，非今之华容县。

二十六日

辰刻，晴暖，众舟开行。巳正时，过松滋县。县治距江尚十余里，江面宽阔，水路镇店，有董市、江口等处，较繁闹。考松滋，汉为高成县；晋改为松滋县。刘宋王义庆建一柱观，观甚大，而止一柱，在县东，未知今尚有遗址否。杜工部诗：“孤城一柱观，落月九江秋。”过松滋作也。

拟古第五首：

猎猎帅字旗，巍巍提镇府。
我虽在官身，肃然畏其武。
如何临大敌，倒戈如窜鼠。
裨将不敢前，主帅膏贼斧。
原其所由然，兵骄令不举。
平日克扣多，弁卒相尔汝。
自上而下下，缺额不成伍。
无以服其心，号令半茹吐。
无事忍弗言，有事意相阻。
兵视将如雠，何以能御侮。
养兵先择将，将严兵似虎。
将胡以能严，先以廉为主。

松滋道中，得顺风，舟中始用篷，前此压滩过峡之险，一切可免，喜成绝句：

东南飒飒响长风，半载舟居始用篷。
行止篙师休问我，我今真作信天翁。

二十七日

辰刻，抵沙市。料理琐事。

二十八日

辰刻，由沙市赴荆州。约十五里。围城小河，行人络绎。艭子往来，轻便之至。途中咏古得一诗：

秭妇蹉跌漫相尤，陈寿私评亦苛求。
盖世英雄轻汉贼，普天俎豆小荆州。
七军淹没威华夏，三约经权契鲁邹。
白帝城临巫峡近，风云会合大江流。

荆州城市繁闹，武庙前有铁旗笑。谒见李观察，言过关上税一切事宜。拜姚春木，名椿，字子寿。赠《通艺阁诗录》二本。谈少时。其人老成穆静，望而知为读书宿学。时馆荆南书院。归途，遇江陵大令昇公，为崇野渔事，旅舍谈少时。拜沙市别驾胡公，谈盘验铅斤事宜。

二十九日

舟中摒挡过年琐事，赏各船舵工、水手、纤工。午后，静坐，忆念宛斋。沙市寄家词，好向双亲灵幄里敬焚香，告道儿安稳。是日，为利濬儿作家信，念先人音容渺矣！自泸州开船后数日，辄梦侍两大人如平生欢，岂跋涉夔巫极险，冥冥护佑耶！三复念宛斋，词意唏嘘泣下，灯后舟中守岁，忆江陵相国传，得一诗：

分明功过漫求全，神庙承平近十年。
驭将边防有真识，救时相业恕从权。
才如夷简功还大，气比文饶病在专。
差胜腐儒无报称，责人无己妒人贤。

是日，胡别驾、昇大令，俱登舟答拜。

甲辰（1844）正月

初一日

自荆州开帮，口占志喜：

月正元日发荆州，岸静波平宿雾收。
远水四围云梦泽，春旗一路使君舟。
酬神香烛翻红浪，贺岁衣冠映碧流。
千里江湖新气象，韶光九十记从头。

初二日

半阴天气，无风无浪。舟窗四启，觉春暖之气袭人。看姚春木《通艺阁诗》，五七古风，纯朴有杜陵神味，他体近薄弱。

初三日

晴暖。行石首道中。石首有华岭，又有绣林山，其北即刘郎浦，蜀先主偕孙夫人渡江，即此地。吕温诗曰："吴蜀成婚此水浔，明珠步障屋黄金。谁知一女轻天下，欲换刘郎一片心。"午刻，得顺风，万帆齐进，如蝶翅翕张，深深款款，不疾而速。水手千百，嗯哨作龙吟，其得意可知。抵石首城下，城外二峰矗立，如双柱倚江，隐然为县城保障。

初四日

行监利道中。晴暖，如北方二月半天气。午后，得顺风，瞥见水贼十余人，乘小舟，执长柄尖刀，劫客船，我舟人多，为大声疾呼，始散去。目见贼所抢物，只包袱一，腊肉数块，时早饭后。晚刻，客舟一人来谒，衣冠自称国学生，开失单一纸，约值百金，并谓劫贼皆铅船水手，意在借端讹索官耳！众水手证明之，且唾詈其不知感恩，反行诈索。彼乃无言而去。楚人刁诈负心如此。口占二语，笑示舟中人曰："尔辈幸非南郡虎，人间信有中山狼。"监利县，治距大江十五里。汉为华容县，归吴改为监利县，又改为容城县。

初五日

晓起开船，江势汗漫，不可目极。自荆州下至石首、监利等县，山渐少，或三二日不见峰岭。李青莲"山随平野尽，江入大荒流"，写难写之景，真写得出也。

拟古第六首：

昌黎本儒生，淮蔡议主战。
放翁乃诗人，和金敢强谏。
二子岂好名，大言逞渎慢。
识字忧患深，其胸有成算。
厥后淮蔡平，以次削僭乱。
金终为宋灭，放翁语如券。
彼时将与相，抹煞书生见。
岂其才不及，畏缩不能断？
重失富与贵，苟安姑自便。
张皇贼势强，遂使君心眩。
庸才误国家，念之为长叹。

午后，大雨，开窗点韩文至《柳子厚墓志》一篇，慨然念身所亲历，诚有如韩所云，而更甚焉，古今岂相远哉？及读篇末，孰得孰失数语，则又爽然自失矣！予行谊不逮古人，然不可不存此一番妄想。是晚，大风作，一夜不止。

初六日

守风苦寒。读昌黎集，其《原性》《原鬼》《读荀子》《鸡冠子》等篇，皆不纯。

拟古第七首：

小饥即美食，小寒即轻裘。
更有好妾妇，色婉而情柔。
此亦琐屑甚，英雄为之囚。
试观仕宦者，初出皆殊尤。
有为复有守，事事期千秋。
洎乎齿衰暮，衣食粗能周。
再语少年事，缩舌而摇头。
岂其甘自弃，境顺则情偷。
王曾薄温饱，罗伦轻状头。
惟其所志大，恐为圣贤羞。
彼哉酒饭袋，难与为远谋。

初七日

人日也。苦寒。仍守风。得一诗：

前后稀村店，群舟自结邻。
长江谁断渡，高岸寂无人。

助虐还飘雨，禁寒忘是春。
樗蒲童婢喜，静听笑言亲。

拟古第八首：

公卿如父兄，事上戒纰缪。
要自有节制，勿为苟迁就。
篱犬嗥师罩，溺器镌松寿。
利欲一熏心，天理不能救。
不问是与非，逢迎期必售。
可以蹠为夷，可以香为臭。
退之作释言，太息叹反复。
吾谓姑置之，鄙夫何足究。
天道固好还，鬼神不彼宥。

薄暮时，存少柏家人至，言风大水溢，舟沉二只，急须打捞。风浪之险，不可思议如此。

初八日

辰起，风息开行。仍苦寒。昨日三更将寝时，得一绝句：

满舟酣睡夜三更，淅沥篷窗滴雨声。
苦茗一杯书一卷，寸心千古万缘轻。

午后，晴霁，风亦小顺。开窗远眺，殊有江行之乐。

拟古第九首：

诗文本天籁，才人争自奋。
后儒学圣人，各得性所近。

果能造其精，一心万人印。
如何陇断者，把持争正闰。
爱者若琳琅，恶者如土粪。
费尽笔与舌，曾无一人信。
洛蜀皆大名，韩朱并垂训。
废其菲薄词，取彼纯粹论。
后人臧否间，不差分与寸。
时贤好相轻，寄语且自振。

初九日

辰起，开行。至杨林矶，众舟挨挤，致座船触石而裂，声如百千爆竹，一时并作，听之心胆俱碎。急催促家人等，搬移上岸。此番拟赔累数百金。少顷，老排来报，言舟已收拾完好，铅斤皆未沉溺，行李什物，亦未落水，其他粗重，拨给众舟分载。此真俗所谓逢凶化吉也，欣幸之至。仓皇失措时，尤须将心按定，从容办理，不然忙中多误，百弊丛生。是日，上下人等，只各食面饼一枚，惊疑惶骇之色可掬。舟中住半年，平安无事，仆丁差役，习以为常。经此亦小惩大戒，小人之福。

初十日

北风大作，舟不能开。闷坐读书。姚安自巴陵贴印花来，略知湖南事宜。署巴陵县事。沈三兄名履正旧识也，持帖问讯。

十一日

五鼓，风息开船。午后，过嘉鱼县。风顺而天气晴暖。

拟古第十首：

渊明隐田园，朝事不挂口。
少陵客夔巫，忧时什八九。
两贤皆至性，语默异所守。
一在刘宋时，甘心伏陇亩。
一在唐中叶，抱负期不朽。
异地则皆然，未可判臧否。
读书明大义，文字岂能苟？
陋哉呫哔士，天理汩何有？
夸多而斗靡，媚人如妾妇。
立言等立德，勿为俗所狃。

嘉鱼县，距大江十里，土人谓周瑜破曹之赤壁在此。考一统志，江汉间言赤壁者五：汉阳、汉川、黄州、嘉鱼、江夏，惟江夏之说与史合，他处皆附会也。西塞山，在大冶县，与嘉鱼接壤。张志和“西塞山前白鹭飞，桃花流水鳜鱼肥。”距此地只数十里，怅望久之。

十二日

辰刻，开船，行簰州道中。天气半阴，风亦小顺。计予自三十岁，宦湖南，继宦黔中，今犬马齿五十有五，此路往返凡八次，须发斑白，一事无成，殊自笑也。篷窗闲眺，感成绝句：

卅载今吾即故吾，江山如昨故人疏。谓吕瑟堂、魏信君，前在武昌时，极谈讌之乐。

临流应被长江笑，照我须眉不似初。

十三日

五鼓开行，午后，抵汉口。晤童云逵，问讯一切事宜，又问其船户，并载换船，各项道路，俱略知大概。

十四日

暴风大作。

十五日

辰起，拜谒地方各官。监道署臬司事，铅斤盘验，其专责也。晤陈东屏司马，为留一饭。八年之别，畅所欲言，亦极快事。是日，灯下闻童云逵开船已行，未三里，坏舟一只，并溺毙水手一名，铅斤全沉，为之骇异。缘昨日汉水骤涨，波流紧急，舟迅触岸，人力无所施耳。遣丁持帖慰问，言打捞铅块，赔造船只，须千金上下，又须耽延月余。此差风波之险，皆出人意表。念之心悸。五夜有感，得小诗：

事勿太快意，天心忌满盈。

日昨笑谈者，今闻悲泣声。

十六日

拟出门拜客，雨阻不果。昨闻陈东屏言，王睢园旅榇羁汉上，其世兄病甚，尚淹留未行，为黯然泣下。赋诗志痛：

话别星沙成语谶，庚寅岁，君病长沙，予走别之，君曰："此后风流云散。"言之再四，当时已觉不祥。今闻确耗泪双垂。

须眉照我还如昨，肝胆论交更有谁。

故里无家孤椋远，君官廿年，家无恒产。佳儿多病九原悲。

相逢汉上良非偶，手把椒浆哭素帷。

宦海狂澜意气孤，斯人偻指目前无。

嫉才胆敢排卢杞，骂做人皆服灌夫。

横绝豪情羞俗吏，蔼然心迹本吾徒。

头衔竟换知天眷，蜚语纷纷一扫除。君以军功升知府。

十七日

辰起，料理琐事。饬家丁等收拾行李，移居汉阳寓舍。一切俱属妥贴。藩司工房来言，领银须至二十三日。

十八日

出门拜客，晤方柏心、杨静山长谈，至汉口买笔墨等物。袁船户将新觅水手带来一见。发手谕，饬水手等不得多带木植，致铅舟重滞，误公事。

十九日

雨不止，旅舍读书。

二十日

饭后晴霁。方柏心、吴光泰、杨静山、崇野渔至寓长谈。拟公禀老排人等，不准多带木植，致船身笨滞，有损坏之虞。

二十一日

辰起，批阅《汉阳县志》。称衡鹦鹉洲旧址，为刁绅扯补坍塌，改为补粮洲，致江夏汉阳，两县构讼，至四十年之久。前汉阳令裘行恕，禀请清查旧址，归江汉、勺庭、晴川三书院，为诸生膏火之费。禀三上援，据史传，言之凿凿，亦可谓勇于办公矣！又本地举人杨律，考夏口即汉口，证据史传并古人诗句，亦极详博可信。

是日，天气晴暖，步至河干，看前帮打捞铅斤，每块工价一钱二分，须用二百余人，其名为水摸，专为沿江捞取什物之用。其捞铅日少一日，亦日沉一日，其工价亦日增一日也。是日，同方柏心、陈炳堂，小饮五明园。回至积玉堂书坊，买徐虹亭太史本事诗一部，杨诚斋诗选一部。乘小舟归，已上灯矣！

二十二日

寓舍，作字读书，《昌黎全集》看完。

二十三日

寓舍读书，医某开补心丹药方，并九制地黄丸。看脉言肺火特重，宜服此药，以清焦热。

二十四日

辰刻，湖北藩库水脚银，二千三百一十五两，例领二千四百六十两，照二两平扣发，每百扣六两，此新例也。即交船户二千两，又给罗岚浦纸笔费三十两。闻方伯某，亲身执秤，每百皆不足数，发各项皆然，年已七十五矣！而嗜利如此。罗岚浦意欲照二成扣费，语以银系黔省拨存之项，有黔藩执照，方准给领，若再扣二两，成何事体！方伯耄年无耻，若下吏，又效尤为之，独不畏王章耶？是日，方柏心来长谈去，并邀明日小饮。

二十五日

步行，同方柏心、吴光泰、崇野渔、童云逵鹤鸣园酒楼畅饮。晚刻仍步归。风大作，恐船只有坏者，急遣人视之，尚平安。

二十六日

辰刻，楚铅家丁项姓来言，昨日大风，船又沉一只，幸铅斤尚未落水，急须就舟中打捞，而前帮将摸手把持，且逞凶滋事。小人幸灾乐祸，肆无忌惮。然一面之词，未可尽信。遣丁去为调停之。是日，天苦寒，寓舍读书。

二十七日

寓舍料理琐事，船户带水手来见。嘱以少带木植，与其半路滋扰，何如少贪利而慎之于始耶！看《杨诚斋诗选》。诚斋诗学白香山，而不如香山远甚：语意特疏直，未能如香山之余味曲包也。

二十八日

方柏心遣丁来，邀游后湖。闻有粗俗二人，辞之。游览，雅事也，与语言无味之人强周旋，真苦海，不如静坐为妙。晚刻，存少柏来长谈。备言道路之艰，耗费之多。

二十九日

寓舍读书。

三十日

至存少柏公馆，适童云逵亦在座。言日前水摸滋事，并买余铅事，极力作成，未审肯听纳否。旋至鹤鸣园，邀集同人小饮。又至后湖，男女游人，络绎坌集。汉上繁华，略见一斑。买笔墨笺纸等物。回寓已夕阳在山。是日，陈司马、夏太守答拜，俱未见。

二月初一日

辰刻，船户带领经工求赏，即给发，此后舟中管事人，谓之老排，皆汉阳人。自汉口至天津，廿二舟，并作十一舟。每舟载铅十万零五百斤。所谓并载也，各舟只用九人。多用一篷，长江仗风力，不似川江之全借人力也。老排皆木客。带木谓之搭橹，船之前后左右皆缚载，取其持重以压风浪。然太多则又滞笨，此极要事。与船户言之再四，须早留心，妥为料理。

初二日

童云逵竹枝十首，封妥专丁送还。汉阳府委员盘验铅斤。此后藩臬同知通判俱来盘验，俱要切结；委员书办，俱来需索。不知立法之初，是何意见。

初三日

辰起，作祭文，祷汉阳水神：

维年月日。领运京铅贵州候补同知赵亨钤，谨以牲牢酒帛，敬告汉江水神曰："铅船廿二，安抵汉阳。仰承神佑，动罔不臧。兹已并载，将涉长江。战战栗栗，不敢小康。伏祈神力，终始励勷。谨择吉日，由汉开帮。前途稳妥，履顺安常。无耗廉俸，无累地方。办公为国，不胜悚惶。神鉴忠悃，降以慈祥。尚飨。"

是日，童云逵、陈炳堂邀出游，以琐事须待料理辞之。郑止斋送虾油蘑菇等物，书片谢之。

初四日

至舟次，看工匠修整橹樯篙舵，并所住房间，添造窗户等，约计初十日，可以完竣。亡妾灵柩，已过载，为焚香抚榇，以妥幽魂。是日，赴杨静山之招。同坐周别驾、存少柏、崇野渔。尽欢而散，日已西沉矣！

初五日

寓舍读书。午后，存少柏来长谈，为袁船户说项，欲借支银两。少柏对伊之言，亦极中肯綮。是日，大雨，苦寒。

初六日

辰刻，买香山诗集一部，共十本。初集六本，后集四本，题签手订。是日，监道程霁亭招饮，遣姚安辞之。读《香山本传》，凡六千余言，与元微之论诗一篇，可谓极尽诗之能事，是我意中语，早被古人道破，为详细加批并跋。辞俗俚应酬，肆意读古人书，神致飞舞，如乍出荆棘道中，得白水青山，矫首游观，有终老此中之意焉。

初七日

程霁亭观察招饮，辞之不可，只好过江一行。同席存少柏，湖南某别驾。席散后，已酉初矣！

初八日

辰刻，崇野渔招饮。午刻回寓，为人书画扇。酒食征逐，最是恶习，虚度光阴，耗费钱物。然欲联朋辈之欢，此亦不可尽废也。酒半醺，腹贮珍错，使人体倦神慵，无复瘦透之思，不惟不能作诗文，亦并不能周洽旁皇，有条有理，办理小事矣！人亦何乐而为此，古人谓“咬得菜根香，才能办天下事。”良有至理。

初九日

寓舍，读书作字。

初十日

虔诣舟次祭江，犒赏水手人等。午后，崇野渔、郑止斋来寓长谈，遣姚安送先集小草各一部，并黔中土物与霁亭观察，同年之谊，未容落寞也。

十一日

寓舍读书作字。午后，存少柏来长谈，备言楚铅利弊。

十二日

袁船户以老排多带木植，须格外出银二三百，才免多带，此又一计也，要胁之意，形于语言。予谓此船户之事，我不与闻。如带木太多，惟有出差拆毁耳！且此事不在书券[1]之内，未便应允。书禀三套，交寿砚农带至黔省申投，虽极苦役，事上之礼，不可缺废。

十三日

寓舍读书。午后，为人作书。

十四日

寓舍读书。午刻，拜寿刺史，适以他出，未晤。

十五日

花朝，风雨大作，船户谓之花朝暴，十九日谓之观音暴，谓行舟之风暴也。终风且暴，风暴二字，当本于此。是日，雨终日不止。读书作字，殊有乡井之念。

十六日

欲移居舟中，以雨阻不果。寓舍即事得二诗：

昼夜雨如注，花朝不似春。
天心疑困客，俗事苦磨人。
梦里波涛险，眼前魑魅亲。
无聊还一笑，且自饮芳醇。

五十行年老，须眉揽镜羞。
尽忙身外事，忘却死前休。

① 券，原文作“劵”，据文意改。

物我竟何济，吁嗟只自尤。

古人诗好在，字字慰余愁。

自正月初一日起，早晚分看昌黎香山二集。

十七日

午刻，雨止，苦寒，有隆冬气象。作字读书，又易重裘。

十八日

辰起，自寓所移居舟中。臬委员盘验铅斤。予酒资四千，取结去。

十九日

雨后汉水大涨。听波声汹涌，人声喧杂，殊烦闷。存少柏遣丁来还银，收之。静看香山诗，欲学其新乐府体作数章，苦无兴致，又恐无古人忠厚讽世之挚意，徒讥刺伤时耳！拟数题未作。看英夷就抚条约，湖北有刻本。其他条似可权宜允许，惟许银二千一百万，分年拨给，任事督臣似应以死争之。为数太巨，削弱国家元气。自古和戎岁弊，未有如是之多者。且该夷势必反复，国帑一虚，后难办理矣！夜半水又大涨，舟人皆起，两舟撞击，恐有损坏。自起招呼各船，将缆放松，离开数尺，才可无虞。

二十日

舟中读书，为人作画。水大，小舟无一敢过江者。汉阳令赵公本日接印，居民皆欣欣有喜色。缘署事者，慵懒无能，舆论惟恐其去之不速。

二十一日

舟中闲居。口占一诗：

移家住舟中，终日一事无。
同役二三友，水阻各一隅。
吾性乐闲静，苦中求自娱。
或写空谷兰，或摹古帖书。
烹茶爱佳茗，绀碧浮杯盂。
饮酒入良药，琥珀盈樽壶。
香山诗可玩，恬退乐有余。
昌黎文再读，纯粹圣之徒。
静念两人贤，千载心相符。
我虽才不逮，旨趣无或殊。
名位不可强，肝胆要相孚。
既与古人厚，便觉今人疏。
两编课早晚，点勘穷锱铢。
我性之所乐，彼已甘如酥。
我性之所恶，彼已苦如荼。
琐屑及日用，奔走及江湖。
无一不融洽，语语皆醍醐。
自顾岁迟暮，圣达难步趋。
两贤良足羡，况与本性愉。
从今无他嗜，投老相涵濡。

是日午刻，过江赴东屏之招。同坐皆云贵运铜铅官也。席散回舟，已上灯时矣！

二十二日

为东屏画兰，题句志别：

馥馥湘水兰，一别渺何处？
同心二三子，聚散亦有数。
栗仲隔重湖，睢园今物故。
剩我与东屏，八年乃一晤。
一晤两足珍，况复齿衰暮。
我有所欲言，向君一倾注。
君有所欲言，为我一披露。
肮脏本性生，不讳谈时务。
诛心鬼神惊，负气须眉怒。
积胸语千万，探喉不能住。
拟以香草篇，骚经为君赋。
拟以怀袖风，元规尘不污。
行行重行行，且又别君去。
画此扇头兰，索我心头句。
楚水与黔山，遥情千里渡。

昨日，闻东屏言湖南某州牧，为查拿匪徒，为奸民所杀。同去之武弁兵丁，暗与匪徒勾通，以致酿成戕官大案。又闻湖北县令某，为盗劫案，亲身拿贼，为贼伤六刀，而兵弁无一救护者。

二十三日

舟中读书，为东屏画团扇，书所作诗。云南运铜官某，已抵汉上，遣丁持帖来问讯。

二十四日

舟中料理琐事。崇野渔招饮。闻张恒斋言伊船户胡姓，拖欠官银至千两之多，反捏故在东湖县控告运官，经县讯实，无可狡展，已责惩收押矣！小人无忌惮，一至于此。

二十五日

舟中读书作字。船户之嗜利，可谓无微不至，嘱姚安且勿理会，俟其技穷力竭，再为办理。

二十六日

舟中看雨，得小诗：

密雨如丝幕大江，风恬微浪响淙淙。
红裙白袷碧油伞，无数小舟过水窗。

如障如山估客舟，咿唔声里□中流。
万帆咫尺入云雾，失却眼前黄鹤楼。

窈窕河房正复斜，条条深巷粉墙遮。
长江南望渺无极，两岸雾笼十万家。

二十七日

舟中读书。是日大雨，午后晴霁。陈东屏至舟中长谈，并送和韵五古之作，又出其《春草绝句》《崇阳记事诗》近作。嘱姚安以开船事宜，不可为船户所愚弄。

二十八日

拟出门，以雨阻风大不果行。遣姚安赴藩署领养廉三百两。为陈东屏看诗加墨，其感事托物讽咏之作俱佳。和春草绝句：

一年春事类飘蓬，兰芷蘼芜本不同。
一种离离原上绿，让他消受马蹄风。
松枝泼翠柏亭亭，比似萋迷眼易青。
不到岁寒天不管，王孙春梦几时醒。

香车宝马踏春城，也伴垂杨绾送迎。
雨露恩深供拾翠，问渠能得几清明。

二十九日

天气晴朗。过江辞行。游刘氏𧮪园，登黄鹤楼。晚刻，和东屏春草诗：

中庭百亩混苔痕，纵是遥看也断魂。
去后刘郎更怊怅，从来野火不除根。

水畔蛙声雨后烟，模糊嘈杂竟谁怜。
东风不管人憔悴，绿到瀛洲又一年。

不采芙蓉采薜萝，涉江无处不蹉跎。
闺中刻意夸纤巧，斗遍蛾眉奈尔何？

窃谓武昌汉口一带，登高远眺，地势雄而不秀，士女冶游，亦多粗俗，不惟不及江南，亦并不如湘楚蜀中也。

三十日

出门拜客辞行。又至东屏署长谈。晚刻，邀游伯牙台，牡丹极多，为风雨摧折殆尽。是日，嘱船户老排，以初六日开行。老排者，湖北水手，专以受雇铜铅船，携带木植为生，欲禁止万不能之势。木多则船滞，往往损坏，饬令少带，须另外加身价。名为少带，其实加给身价，则所带更多，何也？杉木一本万利，加身价是为伊等添本钱矣！舱中篷底无处非木，转更重赘。老排专习此事，不如此彼亦不肯行，积弊然也。

卷　下

三月初一日

书所作春草诗，交东屏看。晚刻遣丁送还，逐首加批，并赠邓湘皋所选《资江耆旧诗》一部，略一翻阅。

初二日

大风雨。

初三日

辰起，大风雨，江水陡涨四尺。初六开行之说，恐成画饼。

初四日

存少柏至舟中长谈，同赴东屏之招。一路柳陌、菱塘、茶棚、酒店。游会元寺，看塑像阿罗汉五百，极金碧庄严之丽。

初五日

舟中读书。

初六日

舟中读书。晚刻看水手收拾船只。

初七日

书片别陈东屏，并索所裱诗帧。旋即遣丁送来，书信答之。

初八日

辰起，大风苦寒。乘小舟巡看各舟所带木植，尚不甚多。饬各水手船户，明日如果风息天晴，定须开行。

初九日

辰刻，天气晴暖。开帮至河口即泊，以船户水手，尚有未了事也。

初十日

船未开行。开销河差工食，查出第九号船带木特多。严惩之，以儆其余。

十一日

早起，催督开船。风日晴朗，舟行安妥，久泊汉上，嘈杂繁嚣，兼之船户百计刁难，水手多方阻扰。一旦开船长行，望大江东去，一泻千里，快不可言。

十二日

午刻，风不顺，小泊黄冈县之团风镇。记甲午除夕，携眷属回籍，于此卒岁，弹指十年矣！感成绝句：

昔过团风会守岁，参池小女话灯前。
尔时已觉伤迟暮，回首于今又十年。

对此茫茫，百端交集。晚刻，风息开行，中流容与，即目得一诗：

抛却愁怀望远天，雨丝风片最缠绵。
未须懊恼嗟行役，聊当嬉游日放船。
美酒古书乌几上，杏花芳草白鸥边。
行行渐近江南路，取次吟诗意沛然。

是日，雨中抵黄州府。汉川门，是月波楼旧址，竹楼则不可考矣！府西北有赤壁山，土色赤，又名“赤鼻”。东坡所游，步自雪堂，盖此处也。赤鼻在江夏，孙曹鹿战，后人连篇累牍辩之，殊属多事。文人兴之所至，援古寄慨，何所不可？且魏兵至八十余万，连延数百里，又何以知其非黄州之赤壁耶！考据家，不足与论古。是日灯下，冒雨，遣家丁至陶观察署中。求买《畿辅诗钞》，备去工本银四两，司阍答以本官出差，书皆带去，竟不可得。闻此选有先大父陆门公诗数首，故急欲一看。

十三日

大风不能开船。为家丁、差役，开销工食，并手书示谕十张，交船户分贴各船。晚刻至黄州府城内一看，入清远门，街市繁闹，欲寻东坡临皋快哉亭古迹。惜日已向夕，又无晓事人，一指示之。出城望滨江一带，麦苗千顷，皆已秀齐。询之土人，四月初间，即可收获，是比北方麦秋早月余矣！武昌县在对面，倘明日再守风，拟过江一游。

十四日

舟行迟滞，以风不正顺。长江曲折，不能一往直前。午后风顺，即目小诗：

不寒不暖半阴天，习习风吹下水船。

手把胡床篷下坐，眼前花柳意欣然。

晚刻，船户等与客船口角滋事，为触损舟前木钊，意在借此讹索。居为奇货，急为申饬了事，且为泛论他端。因言尔等遇庙烧香、求神问卜，意在冥冥护佑，试思顷所与争之件，不过数百文之失。尔等汹汹作如此之恶态，推尔隐微，只骇彼多赔银钱耳！损人利己，莫此为甚，设空中有神灵下瞰，岂以豺虎之声、蛇蝎之毒，为可嘉耶！与其吃斋念佛，不如心地和平，不占人便宜，转为神佛所喜。剀切言之，众水手亦悚然动听也。一面出手谕十一张，分贴各船，沿途不准借端需索，如违立即送究。

十五日

蕲州道中守风，得一诗：

坐对大江水，静听号长风。

青山寂无色，皓日悬于空。

万帆自南来，迅疾如归鸿。

瞬息不可见，怅望目已穷。

我舟殊落寞，恰与胶粘同。
舵工与篙师，困如可怜虫。
催促使解缆，离岸未数弓。
狂飙横相截，推挽皆无功。
仍还故处泊，蠢若痴与聋。
舟子前致辞，使君无怨恫。
与其逢彼怒，毋宁待其终。
非吾器不利，非吾术不工。
走险笑挺鹿，失马师塞翁。
况复春已暮，风力难终雄。
变态不可测，顷刻分西东。
转移固不远，塞极斯将通。
听言殊有理，顿使心融融。
岂为行舟然，吾道有污隆！

守风无聊，书所见：

篷窗深坐意悠悠，触处皆堪使目留。
山瘦透中无宿雾，水回环处有浮沤。
苔矶寂寂拳慵惊，草岸青青踏老牛。
一种闲情难索解，开书还向古人求。

十六日

仍守风。午后，风息开行。考罗田、蕲水、蕲州，在汉时皆谓之蕲春；历刘宋、萧梁、萧齐，始分为州县。元末乱民徐寿辉，蕲州人也，据湖广、江西数大郡，后为陈友谅所杀。蕲春一带，江面宽阔，远山明秀。杂咏古事，得绝句数首：

无边风月俯长江，平野漫漫水势降。
欲吊忠文殉难处，沿途先访七星椿。李芾谥忠文，元末状元，死徐寿辉之难。七星椿者，芾以木钉截长江七处，遏贼不得过。

千里凉波晚照涵，欲寻潜涌石穷探。
晚来手汲江心月，记取烹茶水第三。张又新《烹茶水记》以蕲州潜涌石下水为第三焉。

岸边香草吐清芬，半抹斜阳半裹云。
分得兰溪波一曲，流连曾泊杜司勋。蕲州东，有水名兰溪。杜牧诗："兰溪春尽碧泱泱，映水兰花雨后香。"地多草兰，沿岸馥郁，晚凉香气可爱。

青嶂参差远水边，亦深亦浅竞春妍。
凤楼山色分明见，可惜难求陆羽泉。蕲州北三十里，凤楼山下，相传有陆羽泉云。

悍御流氛堪将帅，流连花月亦清才。
钟情儿女忘君国，不独当年褚彦回。龚芝麓少年，曾宰蕲春。明末御流寇之变，守城捍御有功，乃晚节不终，殊可惜也！

十七日

辰刻，抵蕲州城下。滨大江之左，城南一峰秀峙，有亭台，有庙宇，远望极佳。饭后风正顺，看江景。得诗一首：

顺风不鼓枻，如扇双篷开。
未觉舟行速，但看山远来。

帘飞村酒店，鹭立钓鱼台。
好景浑难记，新茶进一杯。

午后，风更大而顺，舟行极速，又得一诗：

顺风吹得双篷饱，划破长江波浪倒。
凝眸曲折缩遥山，回头转觉嗤飞鸟。
此时篙橹悄无声，但听惊涛灇灇鸣。
背指忽惊江市远，前途已失暮云横。
长年蹲坐握帆丝，猎猎桅杆顶上旗。
转过渔村旋蟹舍，记程欲问地名迟。
前船遥望后船连，转眼前船作后船。
讶非风水能如此，似有蛟螭暗里牵。
忆昨羁延守涸辙，斯时顿觉仙凡别。
人生通塞亦何常，眼前物理殊亲切。
晚来郑重嘱篙工，牢整欃枪细补篷。
人力尽时凭缓急，莫因风好恃天公。

十八日

辰起开行，入九江府界矣！考九江，西汉属豫章；东汉属彭泽；魏属武昌；晋曰浔阳；梁曰江州；明曰九江府。九江者，洞庭九水合流，由彭蠡湖入于海：一曰乌江；二曰琫江；三曰乌白江；四曰嘉靡江；五曰畎江；六曰源江；七曰廪江；八曰提江；九曰箘江。白香山诗“九派绕孤城”是也。开行未数十里，又守风独坐无聊，偶记九江古事，各成一绝句：

柴桑山下柴桑郡，六代英雄苦战争。

三径黄花五株柳，至今人只慕先生。柴桑山，与庐山相连，九江府即其地，陶靖节先生故里也。

文字精灵非细事，鬼神暗助姓名彰。

子安作序滕王阁，一夕风帆过马当。彭泽东北，横枕大江，有山曰“马当山”，即王勃舟过处也。

噌吰澎湃江波响，上有层峰未可攀。

我欲幽寻坡老记，不知何处石钟山？石钟山，在彭蠡湖口。问舟人以石钟山，皆含糊指点，不能实其所在。

刘宋公卿无雅素，才如灵运亦堪嵇。

远公心境差明净，肯为他人过虎溪。虎溪三笑亭，在庐山下。庐山之阳为南康，阴则九江府也。

十九日

风顺开船，入德化境。沿江一带，民物繁阜。开窗凝眺，处处引人入胜。耕牛在野，男妇劬勤者，田家也；树系小舟，屋悬破网者，渔家也；卖酒卖酱，编竹为舍，老翁稚子嬉笑往来者，铺家也；渠渠夏屋，背山临流，门户斩然一新，楼阁翼然而耸，孺妇鲜衣，笋舆出入者，素封仕宦家也。去岁丰稔，米价平减。值三月春深，麦浪青青，一望无际。四月初间，来牟又将上场。每停泊时，携僮散步，疏烟碧草，绿柳垂垂，使人之意也消。作小诗数首：

塘水徐分养稻秧，夫耕妇馌不嫌忙。

今年米价春来减，指日清和麦子黄。

草屋三间疏柳边，儿能举网女撑船。
风风雨雨无休歇，足抵人家十亩田。

板屋人声笑语哗，米盐橘柚更园茶。江岸人家自有茶树，谓之园茶。
近来春社多沽酒，添得青帘一幅斜。

读书声里矗华堂，万瓦鳞鳞带绿杨。
不是延宾应介寿，肩舆三五聚冠裳。

是日酉初时，抵九江府城下。

二十日

早起，衣冠至道署，未见。盖以上税不可面言争论，例不见客。官厅晤刘太守、名炽昌，贵州人。济明府，名昌。言湖北粮船，带木植太多，核税银至七万两之多，斯亦骇人听闻矣！每船大小木，约万七八千，小人为利，不顾公事大局。闻又聚水手旗丁，在道署咆哮，并殴差役人等，借端滋事。拜会谭用侯，谈少时，托其照拂税务一切事宜。晚刻，杨静山、谭用侯至舟中答拜长谈。

二十一日

舟中读书。欲游琵琶亭，以雨阻不果行。杨静山遣丁来辞行，其税务已完，全帮开行矣！

二十二日

辰起，乘肩舆游琵琶亭。墙宇倒败，毫无可观。石刻诗多而不好。长白广惠七古一首，颇有议论。然谓白传为轻外职，而眷恋京秩，故因商妇琵琶，青衫泪湿，不知班生此去，何异登仙？喜内用而轻外官，此开元全盛时也。至香山时，已大不然。诗后半首亦俗浅无味。亭畔有屋三楹，略坐少时。和尚数人，粗蠢不足与谈，兴尽而返。咏古得长歌：

香山先生匪才士，迹其出处真通儒。
少年官卑亦适意，洎乎显达情无殊。
危言谠论光史册，所至惠爱歌来苏。
廷争直谓陛下错，凛然风采羞奸谀。
卓荦不入牛李党，淡泊愧死刘柳徒。
一唱三叹为乐府，读之涕泗横沾濡。
忠君爱国有真性，沁人肝膈清而腴。
缠绵悱恻作绮语，寄情儿女聊自娱。
后人效颦殊欠雅，无其蕴藉直淫污。
可以显达可以隐，匪乐廊庙悲江湖。
两截人物鄙元九，诗虽密迩心则疏。
箴规不厌数反复，古人交谊非浅肤。
敏中亦复趋炎热，仕宦伎俩如屠沽。
可知人品有高下，至交骨肉不同途。
惜与昌黎唱和少，寥寥数语殊含糊。
岂其文字判夷险，抑或行谊分盘盂。
贤豪同时不同契，闲情望古为长吁。
不才景仰通梦寐，一编早读先生书。
况今亲过九江郡，琵琶尚有亭遗墟。
天涯沦落偶感触，借此商妇聊发舒。

情之所至不矫枉，肮脏陋习皆删除。
青衫泪湿意绵渺，荻花芦叶相媚妩。
必谓重内而轻外，何不奔走权要枢？
小人妄测君子腹，横生议论觚不觚。
彼哉题咏滥石刻，痴人说梦胡为乎？
低回我亦赋长句，千载而下探骊珠。

二十三日

九江道署遣家丁书吏丈量船只。纳税章程，以尺数多少，为税之多少。上下其手，则在丈量时任意为之也。木植亦以尺数计之。前在谭用侯书室，见蒋心余书条幅，笔意学祝枝山一派，腕力特弱，然舒卷自如，恰有生趣。用侯太翁，年八十，其书室悬横帧五古一首，颇能妥适，翁书怀之作也。

二十四日

阴雨，舟中颇清爽。午后道署下单，船只木植共税银六百五十两零。须库平库色，并加平火耗饭食等项在内。查问历年，不过二三百金，今又加增，伊于胡底耶！且此项，藩库以事系公事，例不上税，无领款。而各关仍照客商一例办理，须运官自行筹备。天下事，可解而不可解，类如此！饬姚安等向船户言之，此系伊包办，不知又如何窘迫也。

二十五日

将船户借项，凭众交清，取伊借状，并谆嘱一切。午后冒雨至道署，为税务大费口舌，此亦一阅历也。可知昨日湖北粮船上税，水手鼓噪，殴其家丁书差，彼固有取过之道焉！观察图姓，旗籍，任听需索，毫无觉察。此处税务，若无贤员及早整顿，必出大案！何也？其丁胥吏役，视往来客商，如几上肉，毫无畏惮。其官以深居简出为得计，暗为宵小所把持。其丈量船只，挑剔银色，家丁辈以意为之，漫无章程。过客急于行路，隐忍不言，彼以为畏其势，而不知正以深其毒也。湖北粮船滋事，小惩大戒，未必非福，恐睡生梦死之观察，与穷凶极恶之家丁，仍不悛改耳！不宁惟是。闻历任税官，皆赔累。现有监追二员，此亦必然之势，何则？税轻而诛求，少则行商云集；税重而苛索，多则裹足不前。行路之人，畏关如畏虎，欲不亏国课也难矣！川之夔府、楚之辰州、鄂之荆州，比比皆是。不然天之所生，地之所产，人之所利，有日增而无日减。何以国课则有日减而无日增？此其故可深长思也！

二十六日

辰起，天气晴和，风色亦顺，催促开船，至辰正时全帮俱行矣！饮酒自遣，得一诗：

解缆惊心又一程，艰难过后更和平。
长江有浪横船下，俗事磨人放胆行。
识字转输商贾乐，忘机深羡鹭鸥盟。
纯儒循吏皆无分，酌酒聊同阮步兵。

记庚辰初举进士，金文波夫子喜谓所亲曰：“赵荫圃，气象端凝，在家为纯儒，出外为循吏。”今鬓毛斑矣！长途砺碌，一事无成，回忆师言，惭愧无地。午后泊船甚早，再得一诗：

船里人多却寂寥，停帆独坐更无聊。
一杯苦茗春将暮，雨卷残书昼易消。
世事见多时尔尔，古人不作志嚣嚣。
自惭双鬓篷窗老，有梦何分鹿与蕉。

泊船系湖口县地方，去浔阳六十里。考湖口，在汉为鄡阳镇；刘宋时为湖口戍；南唐改为湖口县。县治距泊舟处甚远。

二十七日

午后，过彭泽县，县治滨大江之右。城堞蝘蜿于峰岭间，斜对小孤山，春深罨蔼，数里相望，殊可观也。小孤山属宿松县。是日风顺而大，约行百四十里，晚泊入安徽境矣！散步河干，市名华阳镇。男女杂作，麦已收刈，即目口占：

斜阳照江市，问地说华阳。
浣女投村店，归农立野航。
饭香鱼入馔，饼贱麦登场。
散步回舟晚，疏烟亘石梁。

二十八日

辰刻，过东流县。县治滨，大江之右。城南冈峦迤逦，一塔秀峙，汉时属彭泽地。有菊江亭、黄花驿，皆以陶靖节宰彭泽得名也。县属池州府。午刻，抵安庆城外，风顺水顺，顷刻百余里。乘肩舆至抚署、藩署禀到，并请及早盘验，以便乘风利开行。晤怀宁县郭明府，大兴人，字梅卿，翰林改授，调补首邑，少年谦谨勤干。

二十九日

拟恭谒余忠烈公祠，适大雨如注。舟中咏古得一诗：

青阳先生纯乎纯，文章经术皆绝伦。
就使不遇国变死，亦复千古称完人。
彼苍玉成不世杰，予以全材更全节。
公所到处号循良，千古龚黄堪比烈。
五经传注发精微，韵语铿锵玉屑飞。
奉诏曾修辽宋史，高文欧揭并芳徽。
洎乎寇盗逼孤城，慷慨提戈矢血诚。
却敌皆知儒将猛，军中还有读书声。
六年苦战援师绝，伪汉重来眦欲裂。
西门势急独当关，斩将搴旗探虎穴。
臣力难支引佩刀，满城士女哭声高。
偏裨死义甘酬国，妻子何心恋覆巢？
忠节英风萃一门，论功似较卞家尊。
可怜元祚终倾覆，未及睢阳身受恩。
肝胆能教敌起敬，岁时致祭颁新命。
才堪将相德师儒，古人未有先生盛。
公之家世本蒙古，数典谁能忘其祖。
外夷之说谬相绳，小儒著论真迂腐。

我来舣棹皖江滨，远望灵旗正暮春。
欲买先生全集读，不辞书价值千缗。

遣丁至各书铺，买《余忠烈公集》，竟无此书。是日，雨不止。舟中待委员盘验不到，书片致郭明府，托其婉问藩宪。

四月初一日

午后，委员到船取结，共用去钱四千文。拟即开行。委员安庆府通判李，名承恩，字云坡，山东济宁州人，新自浙江办军需事宜回。其人明白端谨，与之长谈，备知家春山近况，亦略知刘抚军捍御英逆大概。

初二日

午刻，过贵池县，池州府首县也。去大江尚远，城堞皆不可望，只依稀见塔影而已。距安庆九十里。贵池本汉石城县；隋时改为秋浦县；五代改为贵池县。九华山可以望见，舟人指点约略言之。秋浦，水名，长八十里，阔三里，围绕郡城，南连驿道。是日，风正顺，舟稳而速。晚行铜陵道中，得一诗：

风顺人语静，中流容与间。
波平天在水，岸远树粘山。
种古翁何处，铜陵花堰，葛仙翁种杏处。题松句可攀。李白有《题铜陵五松诗》。
夕阳无限好，晚泊问前湾。

铜陵县治，离江三十里。

初三日

巳正时，过繁昌县。县治滨，大江之右。廛舍城郭，据山阜之半。繁昌在汉为春谷县；东晋改为襄城郡；后改为繁昌县，太平府属。晚刻，入芜湖道中，得一诗：

粮艘络绎万帆斜，江面宽平十里赊。
晚市喧嚣皆打麦，行商来往半装茶。
计程望月应牛渚，放眼看山认谢家。
此是鸠兹古吴地，蛮荒千载极繁华。芜湖古鸠兹地也，江面极宽。

是日，遇湖北粮船，凡一百八十号，所带杉木，堆积层层，不可以数计，大江中恰不形拥挤。上灯后抵芜湖。泊舟口占：

鸣钲将系缆，街鼓已初更。
火飐明廛舍，舟维带县城。
天垂星在树，堤远浪无声。
为问司关者，明朝可放行。

芜湖又须上关税矣！不知如何刁难。

初四日

舟中看雨。昨日苦燥热，一雨殊凉爽。江水骤涨三四尺。料理琐事。关税事嘱船户自行筹画，以早完为好。

初五日

天气晴朗。姚安自贵池、铜陵、繁昌贴印花回。午后至杨静山舟中长谈。旋至街市一看，廛舍繁华。

初六日

闻杨静山已启行矣！

初七日

为税务至芜湖道署大费口舌。意将此刁难勒索推之委员。予谓此系国家公事，收税非私，上税亦非私，何所规避，而以委员为辞？且委员佐杂，而监司大员畏之如此，殊非政体。倘再支吾推诿，明日运官开行矣！漏税之责，咎有攸归。是日晚，道署家丁至舟中，始将此事了局。

初八日

辰起开行。午刻，过当涂县。太平府首县，古姑孰地也。咏古得小诗数首：

采石枕长江，地险堪用武。

明有常遇春，隋有韩擒虎。

孟子"地利不如人和"，括兵法之妙。采石矶若舍舟而陆，可以屯兵，亦极险要。然韩擒虎平陈，宵济于此；常遇春先登陷阵，亦于此。英雄用武，亦如才士行文，所谓扼要争奇也。

桓温[1]本英物，所事非其主。

试听白纻歌，雄心殊媚妩。

白纻山，在姑孰东。桓温挟妓游此，歌《白纻词》。尝谓桓温一名将才耳，若遇汉之高光、唐文皇、宋艺祖，驱策而驾驭之，亦不致遗臭万年。

---

① 桓温，东晋军事家。原文作恒温，误。以下同。

狂客说青莲，狂极忘其死。

捉月俯长江，真狂乃如此。

予谓“天子呼来不上船，自称臣是酒中仙”，合之被锦袍捉月，恰是青莲身份。斯为真狂，千古而下，可想其飘飘欲仙风致。

卓绝温太真，精忠而果毅。

然犀过牛渚，不慑蛟龙气。

晋温峤，远过陶士行、祖士雅辈。牛渚然犀，一细事耳，而豪宕不羁之气，略见一斑。

晚风不顺，野泊得一诗：

夕阳风卷浪鳞鳞，西舫东船晚泊新。

鸡犬互闻村在水，寒暄相慰客为邻。

远山可望疑无路，小市遥瞻欲买春。

搔首金陵在何处，良常牛首怅嶙峋。

初九日

辰起，风仍不顺，又值雨，勉强开行，数里又泊。得四绝句：

怅望金陵十里遥，风旗猎猎雨潇潇。

繁华梦短江山壮，倚遍篷窗忆六朝。

千里邦畿形胜地，长江环绕气佳哉！

山河表里皆王土，不信孤军海外来。

扶伞寻诗步野汀，白门一带草青青。

不知堤柳干何事？刻意消魂学阮亭。

桃叶歌残玉树埋，天教金粉绚秦淮。
板桥零落词人逝，恰又苍山寓简斋。

是日，晚霁。小步岸上。

初十日

仍守风。望金川门，得七古一章：

明之高皇媲汤武，经营缔造超前古。
如何陵土尚未干，祸起萧墙戾厥祖。
处心积虑杀懿亲，肺腑何堪对路人。
就使强藩终跋扈，不应无故废湘岷。
深仇已中吴王濞，英武谁当李世民？
此时救死亦人情，况复齐皇计必行。
释憾不留三子质，阴谋只听两书生。
尊行究与他人异，号召师称靖难兵。
兵起幽燕士马粗，出师遣将鲜良图。
孱君不忍诛晁错，大帅何曾有亚夫？
庸才荐与枭雄敌，何异鹰鹯击兔狐。
天险黄河不能限，山东忠义风云散。
不杀叔父竟谁欺，假仁何异孩提见。
改创皋门与应门，周官不救池鱼烂。
洎乎九庙烟尘生，一线还争篡逆名。
读书种子良无愧，惨矣无辜十族倾。
先生纵使能全节，地下终难对孝陵。
秘谋还记角门东，此际真成牛马风。

一死自堪明大义，百年谁肯恕诸公。
幽囚转谅徐辉祖，未减差强李景隆。
知子从来莫如父，穷源竟本何人主？
燕王行迹类秦王，建成元吉终膏斧。
何似从权早易储，守经不听三吾语。
大抵英明智有余，事关亲爱转糊涂。
悲歌忍病缘如意，颠倒投床为雉奴。
高皇晚岁刑尤滥，杜渐防微诩远谟。
小嫌不为功臣恕，大计偏于骨肉疏。

十一日

辰刻，风大，仍不顺。舟人解缆开行殊险。即目得一诗：

洋洋江面阔，白浪尚纵横。
水缆如龙戏，系竹缆于前舟，人缴缆而进。风帆学蟹行。
楼台江总宅，烟雨石头城。
六代浑如梦，苍茫吊古情。

是日晚，抵上关。

十二日

早起，进城禀谒藩司，以请假养病未见。将领银文结，交库书许姓，与之长谈，言前年英夷围城事极详悉。游随园，风景渐近荒凉矣！坐柳衙，香雪海，吃茶。旋至刑园，晤刑子尹，湘南旧识也。览其园亭之胜，规模似不如随园之大。然风廊水榭，朴雅轩豁，亦可观。木刻楹联，袁简斋先生作，王梦楼书："旧地怕重经，记当年丝竹宴诸生，回头是梦；名园欣得主，看此日楼台逢哲匠，触手成春。"写作俱佳，其他留题诸诗，皆不及也。出城坐小舟，至下关回船。

十三日

遣姚安送公文江宁藩署。书扇送刑子尹。

十四日

谒见江宁方伯陈莲史。适有足疾，忍病见客，谈少时。买凉席、茶叶等物。至书铺买《古文眉诠》《渔洋精华录》，去银三两。《聊斋志异》有加批重刊之本，略一翻阅，无可观。由水西门出城，乘小舟，看一路风景极佳。

十五日

辰刻，袁船户带各船舵工，欲借银完税，此又一番口舌也。姑且应之，俟查实再斟酌。陈方伯遣丁送礼，收二色。同年之谊也。

十六日

遣姚安、刘升等，至藩署领水脚银，将先集小草、土仪数事附呈。陈方伯赠扇，书近作，付姚安带回，诗字俱可观。

十七日

至秦淮河一看，短槛疏帘，朱栏白板，一带河房，犹有余澹心《板桥杂记》余韵，然往来人殊落寞也。民贫俗薄，才士寥寥，想亦无佳丽可观。是日，料理开船琐事，殊费周章。船户无厌之需索，严饬之。

十八日

辰刻，杨静山至舟中。刑子尹来舟长谈，备言去岁英夷就抚之事。伊身充首事，同本地各绅士，劝捐之六十万之多，至今尚未了局，此真官民一大累也。是日，犒赏水手等人。

十九日

刑子尹书信来，邀为秦淮之游，书片辞之。船户、舵工借银，为完关税，止允借少许，付之。是日晚刻，书家信，交李升送易州。《聊斋志异》在小说部自是佳品，以之排遣，随意看玩可也。若逐字逐句加批，殊陋甚。

二十日

刑子尹又遣家丁来邀为秦淮之游。遂乘扁舟，先到缘园，与子尹久坐长谈。旋至丁字帘前，问桃叶渡。酒肴颇美，廊屋华好。其人物姿首，俱中才以下。除小玉画兰尚楚楚有致外，无足流连者。与子尹饮酒甚畅，谈在湘南旧事，忽忽如一梦也。比回舟，已夕阳在山。

二十一日

风大，未开行。舟中料理琐事。

二十二日

辰起开船。午刻过仪征。考仪征，在汉为江都属；唐为扬子县；南唐为永正县；宋为真州；明改为仪征县。县治距舟行处甚远。是日，风浪平静，天朗气清，殊有行舟之乐。过燕子矶，山色秀峙，翼然一亭，如画家点缀。晚刻，过镇江府，距府城十余里。金山、焦山，皆在望中。晚泊瓜洲口处，距扬州四十里。适江西漕船，全帮在此，嘈杂之至。

二十三日

辰起开行，入瓜洲口矣！刘长卿诗："寒潮落瓜步，秋色上芜城。"考《名胜志》：瓜洲渡，昔有瓜洲村，扬子江之沙碛也。唐为瓜洲镇，距金陵两站，风顺一日可达。唐人诗："金陵津渡小山楼，一宿行人自可愁。潮落夜江行月里，两三星火是瓜洲。"是晚，江西漕船坌集。铅船例应让漕，须俟其断续时，插空而行。从大江入运河，如自平原旷野陡入深巷，触处皆绝逼仄。晚行即目：

路自瓜洲入，丛芦两岸青。
赴舟堤似壑，束水口如瓶。
驿柳排官渡，粮艘耀使星。
维扬知不远，遥塔语风铃。

不碍牵船缓，双堤正复斜。
开窗近杨柳，入馔得鱼虾。
金碧排邻舫，旗帘识酒家。
长江回首望，百里簇云霞。

二十四日

风大，运河水浅，舟胶二只。午后，抵扬州城南宝塔湾。下岸步行，望梅花岭，成长律：

肃望梅花岭，衣冠葬史公。
偏安余片土，残局表孤忠。
将帅多流贼，君王类狡童。
王钱徒翰墨，马阮亦沙虫。
敌至催官散，兵哗为饷空。
党仇终不解，武备自相攻。
纵使伊周起，难成郭李功。
真龙蟠冀北，首鼠遍江东。
连祚天将丧，先生道自隆。
誓师振义旅，拜表想英风。
守土残黎尽，呼天血泪红。
焦劳忘性命，成败付苍穹。
诏旨真儿戏，偏裨谅苦衷。
文山饴视死，诸葛瘁持躬。
国士酬知遇，诗言念始终。
心肝坚铁石，授受磨早砻。
畿辅声名远，衣冠领袖雄。
手书经义粹，宝墨圣人崇。
美谥高阳匹，遗徽董相同。
一坏遥想像，瞻拜拟衡嵩。

是日，大雨，苦寒。

二十五日

舟中无事。以浙江粮船，日夜络绎前进。须在扬州多泊数日，关税亦须料理。

二十六日

长日无可消遣，乘小舟为平山堂之游。得绝句四首：

环城无处不沦漪，十里平山去去迟。
荇藻牵丝波不动，一舟轻漾碧琉璃。自响水桥至平山堂，十里。一路曲折湾环，平流如掌。水中荇叶蓴丝，鲜美可爱，“绿净不可唾”，良然。

不须楼阁绚玲珑，不必歌筵舞袖红。
一种清凉足消受，波光云影绿芦风。游者皆以近日鹾商零落、园亭倾倒为叹，此世俗论也。平山佳处，全在烟树绿波，蔚然不尽。点缀工巧，抑末矣！

船过茱萸第几湾，人家都在水云间。
红桥近接雷塘路，只欠嵯峨数点山。小金山，雅洁轩敞。啜茗久坐，望红桥雷塘一带，心旷神怡。只水竹岸边，少青山数笏耳。

欧阳遗像御题留，第五泉边宝墨遒。
偏是沙门希宠幸，为予详说翠华游。一诚和尚烹茶饷客，为引瞻纯皇帝御笔碑碣，并欧阳文忠画像、第五泉寺等处。

二十七日

姚安自仪征取印花来。

二十八日

舟中料理琐事。拟再为平山堂之游，苦无伴侣，意兴索然。窃谓游佳山水，须得素心雅人，一面领会，一面谈论。躁人语多，使人应接不暇，则山水之致，卤莽过去。俗人清浅，知共见好处，尚能解识；若清远奥峭，得意在色相之外，彼则茫然矣！甚矣，游侣之难也：会心不远，语妙于诗，安得此佳友，与同舟清话耶！

二十九日

至杨静山舟中一谈。云南铜帮黄某亦在座。伊等意欲会同拜会押漕委员，于浙江漕帮内，插空而行，此必不能之事。铜铅船例应让漕，岂微末委员所敢专擅？不如静候。倘得风便，漕船不能入口，则插行无碍，此顺理成章事也，勿为无事之扰。浙江漕船，二十四帮，每帮四五十只不等，其水手枭横，以滋事为荣。运官旗丁，无可如何。往来客船，皆念周制军名天爵总督漕务时，水手畏威，不敢横行。斯亦蚤尾之一效也。

三十日

问土人以董公祠在何处，言在运司署后，欲往谒，以雨大不果行。常谓贾太傅在文帝朝，董相在武帝朝，皆不可谓不遇也。然皆屈抑为藩王之相，不克立朝廷，大行其说，后人为惋惜之，而不知正天之所以玉成之也。贾生若大用，其措置不过如晁错；董相若大用，其格君心之非，未必能逾汲长孺，何如坎壈以终？使其语言文字，长流布于天壤间，使望古者仰慕不尽耶！要之贾之才大，董之学纯，其不遇，乃其遇之极也。造物生一代人物，巧为安置，未可以常情测度，类如此。是日，雨大，未能出游。开窗读书，亦可大乐。望董公祠口占绝句：

张禹孔光伪经术，差强人意惟扬雄。
自公视之皆琐琐，何论巧宦公孙宏？

五月初一日

舟中读书。赏各家丁银钱，交姚安经手。窥其气象，似皆不甚满意。唯女子与小人难养也，此番铅差，可谓深尝滋味。怨与不逊三字，穷形尽相。

初二日

邀杨静山、袁雨田，再为平山堂之游。是日，龙舟极多，士女云集，扬州佳丽，略见大半。只衣饰华美，顾影自怜耳。肌理细腻，其秀在骨。而亭亭玉立者，百无一焉，可知人才之难。亦以知古人好色，为诗赋称奖，极艳丽绝伦，大抵阿其所好也。

初三日

舟中料理琐事。赏各船过节钱文。是日，添纤夫各船二十名。闻浙江漕帮，尚有念余只在后。其已过者，有四帮屯积于前。仍须守候也。

初四日

舟中读书。看纲鉴第三十二册完。计此书凡买四部，皆手自批点，然只略记大概，未能熟。固由性本善忘，亦奔走风尘，心气未能静细也。舟中苦闲，随手翻架上书，读《信陵君传》一篇，快不可言。知己之感，千古如斯，可知遇合之未易言也。

初五日

舟中过节，又添赏各船钱十一千文。读《孟尝君传》。自初四日由扬州城北开行，凡二日，行未十里，纡迟极矣！总为让漕船之故。午后，河干即目：

湾头十里隔维扬，泊舟处，地名“湾头”。纤滞真无缩地方。

打麦村邻知富庶，跨驴童叟似家乡。

插空渔艇摇前渡，运河逼窄而船多，小船皆插空而行。补漏盐船卧野塘。

自笑蹉跎浑见惯，客中已是四端阳。

计自辛丑出山，端阳过黄河；壬寅过端阳在古州；癸卯端阳在三角客店；三角，独山州地方。今又在扬州湾头。鬓边垂雪，一事无成。席不暖而突不黔，真无谓也。

初六日

辰起开行，数里又止。闻崇野渔在燕子矶，又坏船一只，以风大收拢不住，全舟俱沉，不能打捞，缘此地系海眼，深不可测也；又闻其管事人郑止斋，患瘫症不能起，盖久住舟中，火盛痰涌；又闻其水手溺毙一名。水路日久，变出不常，闻之令人心悸。午正时，第十一号船忽报为狂风吹去，不能救止，远望隐隐见帆杆灭没。袁船户急去查问，缘运河堤坏，水溜甚急。船方系缆让漕，南来客船二只，插空前进，将竹缆磨断，水急舟重，人力不能施，顺堤缺驶而东。老舵工黄姓言："此去二三里即入海，万难救拢，十万铅斤，并一船性命不可问矣！"姚安并前船水手舵工，沿岸赶去，有顷回报。船去四五里，为沙洲浅搁，人物铅斤，俱无损伤。惟水大而陡，不能牵挽，须起拨由汊河而前。即饬船户赶紧办理，雇拨船二只，价七十二千。差丁等汹汹将客船船户锁来，其意似千百金赔偿，尚不足蔽辜。际以暂行从缓，先令代出起拨之价而已。晚刻，看众人气稍平，将客船船户释放，且际以此系尔等水手仓猝之误。咎在船户，不与坐船之客相涉，和颜愉色遣之，皆崩角在地，心胆一舒，喜可知也。

初七日

客船船户缴银二十两，花钱四块。先交姚安发给拨船，严饬船户，不得再行需索，且此事伊等亦无心之过。舟中载有眷属同行，未便久羁，令其开船前行，留姚安办理起拨之事，约多费百余金。此险固受客船之累，亦由自己运数使然，赔钱怄气之后，怡然一笑。岂有十余船之多，数千里之远而毫无一变故者乎？物来顺应，行吾心之所安而已。后细问二客船：一为浙江盐商之子，夫妇进京，为岳翁祝寿；一系捐纳府经进京候选。是晚，泊召伯湖，去扬州二十里。

初八日

辰起开船，行召泊湖中。召伯湖者，谢安领扬州牧，后人追思其德，以召伯名湖。常谓谢安之在东晋，不愧救时之相。人第知弹棋折屐，谈笑而却强敌，为矫情镇物，不知其挟妓游山。清谈随俗，皆非本心，聊为救时计耳。恒温跋扈，王道子骄惰，一时在朝之臣，风流自喜。非正道直行所能得志，不得已而为；玩世不恭之态以慑服权奸，不得已而为。庄老虚无之论，以附和流辈。此亦如子产处族大宠繁，国小而逼之势。矫为铸刑尚猛，以济国事于一时耳。王右军以胼胝相归。安谬谓秦用商鞅，二世而亡。亦岂清谈废务，皆非由衷之言也。狄梁公在武后之时，郭子仪处肃代之朝，裴中立相懿敬之世。一种弥缝苦心与安同调，皆所谓权而不诡于正也，谁则知之。过召伯湖戏咏绝句：

身后争名笑伪儒，可怜身后一椽无。
谢公墩让荆公占，尚有东山与此湖。

是日，湖北粮船相距二里许。恐水手拥挤，添短纤一百一十名，急挽向前，以免滋扰。高邮道中口占：

回头百里望扬州，廛舍编茅俯碧流。
儿女渐无脂粉气，问程知是近高邮。

高邮，又谓之秦邮，秦时筑邮亭于此，故名。秦淮海诗：“吾乡如覆盂，地据扬楚脊。环以万顷湖，粘天无四壁。”高邮四面皆低，城基独高，故曰“如覆盂”。秦少游故里也。

初九日

辰起，自高邮开行。后帮湖北漕船运官名绍沆遣守备某，持帖凡三次。以漕督令箭严急，须让伊等前行。余谓让漕例也，本运官何敢违例。但自高邮至宝应，河身逼窄，势难并行，倘两帮相击，必有损坏，水手拥挤，必相争闹。同是办公，彼此皆难当重咎。何如鱼贯前进，俟水面稍宽，再言相让未迟也。剀切言实在情形，彼亦无以答也。本日南风正顺，舟行颇快。宝应县，汉为平安县；东汉改为安宜县；梁置阳平郡；初唐时于此处护定国宝，改名为宝应县。舟中苦热，无可排遣，择小快意事，戏成绝句，亦消磨长日之一法也：

篙橹无声水蔚蓝，每开窗处柳毵毵。
抬头忽见帆影直，知有午风来自南。运河两堤皆柳，午时多南风，静卧帐中，殊觉清妙。

肥虾活鲤卖长堤，短嫩无芽贱似泥。
船载金陵百花酒，衔杯每到夕阳西。百花酒，金陵者极佳。自维扬以下，鱼虾芦笋，肥美可餐，日日入馔。

纤夫纤挽百名多，饱饭徐行笑语和。
每到月明欸乃发，无腔水调胜闻歌。运河添短纤，夜行则欸乃之声齐发，虽句调模糊不可辨，而抑扬前进，亦自可听。

妇榼夫耕杂作忙，午餐多趁柳阴凉。
语言渐改衣裙朴，风气分明近北方。宝应道中，男女杂作，语音近山东、河南矣！耕凿之事，亦与黔楚一带迥异。

初十日

湖北粮船二帮千总袁姓登舟。言漕台有札，饬令漕船于十八日以前，扫数过淮；并将铜铅船不肯让漕，具禀漕督粮道。余谓此自己迟延，借以为口实耳。然既经具禀，俟禀谒漕台，当面分辩。又言湖北头帮，亦于堤坏处，漂去二只，此时尚在打捞，已据实禀出认赔。晚刻，遣刘庆答袁千总之拜。且嘱之曰："公事商量办理，不可轻易具禀。官场具禀，犹民间兴讼尔。有告我亦有诉，是自发所覆耳。平心而论，湖北漕船迟延，与铜铅船何干？而欲以此嫁祸耶！"婉言以折之，伊亦自觉无谓。午后，过宝应县，城与堤逼，雉堞齿齿可数。

十一日

姚安自拨船处回，备言获救十一号船事宜。仍遣回料理一切，并补贴高邮、宝应印花，付去银两。嘱以事处危极，不能不以犒赏相许，以欣动众人。然彼以为奇货可居，亦难相强。忙中说话用人，须有斟酌。浙江严所帮，漕船坏一只。岸上搭棚捞米，旗丁水手，忙乱着急，目击惨然，此同病相怜也。顺风拉纤，船与堤磞，即刻翻倒，全舟俱沉，此真不可解之极。极凡事信有定数，谨慎办公，成败听命，徒焦灼无谓也。午后，抵淮安府。淮安，古淮阴也。晋曰山阳；唐曰楚州；宋元明为淮安府。今因之咏古得一诗：

智勇兼资百代英，光明心迹迈良平。

全才可惜归刘季，快论何如听蒯生。

冤狱竟成千载恨，登坛枉使一军惊。

后来诸吕皆诛灭，史论昭然鉴别精。

尝谓淮阴侯信，忍胯下之辱，恕寄食之仇，量之大也；报漂母之德，拒蒯生之言，义之重也；策刘项之成败，成灭赵之大功，智之深也；敬礼李左军而用其计，有爱才之德，无忌才之心，度之宏也。斯岂但可以为将？并可以为相矣！若遇光武，当与邓禹同休。乃不幸而为庸庸。听妇言之，刘季所族灭，真千古不平之事也。然名垂奕世，妇孺皆知仰慕，史论力为昭雪其不反之实。《朱子纲目》亦不以叛逆书之，则淮阴之冤已白矣！太史公谓信不能学道谦让，不克与周召太公比烈，此亦如论项羽引天亡我，不自觉悟。议其所短，却作囫囵语，正爱惜之深也。读史者，幸勿以辞害义。府东北有刘伶台。许浑诗："刘伶台下稻花晚，韩信祠前枫叶秋。"则竹林七贤之刘伶，亦淮阴人也。又得一绝句：

富贵功名两忘之，无君司马路人知。

山公启事王戎贵，都在先生大醉时。

十二日

自淮关进府城谒见漕台。往返三十里，求随漕船湖北尾行，免致守冻之累，似不能行。归舟，利濬自家来看，大慰悬念。备问家中诸事，俱属平顺，亦可喜也。拟将眷口由清江浦上车回里，以免舟中烦热，致生疾病。知霁桥已记名御史，亦吾家功名一起色也。

十三日

拜会杨静山，谈少时。拟即在清江浦住公馆，俟起铅上闸，送眷属旋里。

十四日

辰起，看定寓舍。清江浦一带店房，俱在河堤之上，既无轩敞之屋，又复索价太昂。且编茅为壁，火烛堪虞，嘱家丁人等，时刻小心。本年漕船迟延，较每年尤甚。铜铅船只须候漕船，将三闸五坝过完，才得衔尾而进，不知何时开行也。

十五日

看眷属进寓，搬移行李，一切俱属顺适。利濬亦令来寓居住，以便筹画家中琐事。

十六日

出门拜客。晤王小湖司马，谒见潘芸阁河帅。言让漕事宜。并言漕船迟延，系在路耽延，与铜铅毫无干涉。且铅船在扬州泊留半月，专为让漕。漕船渺无音信，何得借口诿咎于人？河帅首肯，言此是伊等习气，不足与较，虽具禀漕台，行文严饬，无甚要紧也。至高板头，拜会方柏心，略知上闸守坝各事宜，料理遣利濬回家琐事。杨静山拜会，言公禀事件，伊意不以为然，只好中止。

十七日

寓舍料理琐事。十一舟本日上清江闸，俱属平稳，已至高板头。

十八日

借王小湖司马邸报一看，备知近日官场事宜。久住舟中，如在万山深处，于世事毫无闻见，得此如乡人进城。

十九日

饬利濬等收拾行李，明日起程，派老杨护送。姚安办理拨船铅斤自扬州回，一切俱顺妥。虽多用数十金，而铅斤无损，人夫平安，不可谓非邀天之幸。

二十日

夜雨甚大。本日利濬等未能起程。细问家乡各院光景，大抵窘迫无聊，愈趋愈下。然挽回运数，非一人之力所能为。与利濬深谈在官在家事务。且勉之曰："尔勿学我。我少时衣食艰难，俯首依人，不能无肮脏激昂之气。尔境较我差善，总要心平气和，处己处人，斟酌尽善，不失厚道。尔祖父久屈场屋，又极家庭难处之势。吾每忆昔日侍侧时，艰难万状从无疾声遽色也。我好读《左传》，每至范武子、范文子父子事，辄流连感泣，以谓是父是子蔼然退让之风可想也。此言尔宜细味之。"

二十一日

辰刻，遣利濬等起程，嘱以一切小心，并派火夫远送。嘱姚安妥办起铅上岸，由清江浦送至高板头，归并局内，以便催促插空上闸。日来江西粮帮、湖北粮帮俱到。三闸拥挤，恐急切未能过也。

二十二日

饬姚安将拨船价开清，并饬清河县差。守护铅斤，勿的短少。计自利濬来清江，凡十日不作字，手生涩矣！古人谓，“学如逆水行舟，不进则退”。良可畏哉！送还王司马京报，书片谢之。昨看邸报，御史某条陈，停止南漕，樽节运费；令北省大员，就近采买。文理通畅，具有胆识，然恰不能行。何也？以运河仍不能不疏通，则总漕总河，必不可裁。北省年岁，十有九歉，逐年采买，必致酿乱。运费非一二款，牵东补西，屯田所入，与地方津贴，有不能明言者，谈何容易？折成现银数百万，买现米千万石耶！纸上谈兵，不究极事之底里，往往如此。

二十三日

寓舍作字。是日，闻江西粮帮甫上闸。耽延不知何时得了。事有不能径情直行者，千回百折。古人所谓“私意起而反惑”，旨哉言乎！

二十四日

寓舍作字读书。画扇二柄，为陈方伯、刑子尹。书信。

二十五日

苦热。寓舍湫隘。烦躁迨不可堪，勉看书。

二十六日

辰起，传舵工、篙公、船户，嘱以早清公项，勿得任意迟延，一经送究，彼此皆不好看。苦热，勉作书。

二十七日

遣姚安回南京，请领让漕等项银两。天气苦热，挥汗如雨。是日，接利濬手字，一路平安。

二十八日

寓舍读书。苦热。

二十九日

寓舍读书。苦热。骄阳当午，天无织云。寓在堤上，湿气上腾，其蒸热尤难当也。勉节饮食，宽怀抱庶，其免病欤！

六月初一日

苦热。断续落雨。刘升来，书手谕示之。并示船户、舵工人等。

初二日

辰刻，至清河县署一行，为差追各船欠项。范大令出门，会其友张小亭，谈一切事宜。杨静山来，长谈去。

初三日

袁船户来，缴呈所借公项，不及十分之一。此时若催促太急，防上闸危险时，出意外之变；稍一宽假，彼又以公项为囊中物矣！殊棘手动心也。

初四日

寓舍读书。天气浓阴，凉风飒然，殊有秋爽之致。入夜，大雨如注，店房漏，终夜不寐。

初五日

天气晴热。闻各船皆有病疟者。上炎下湿，百病趁虚。客边尤宜持重。袁船户来禀起铅事宜，并催缴公项。

初六日

乘肩舆拜三闸各官。至头船小坐，看起铅斤。起六存四，照例办理。虔诣天妃庙拈香，默祷上闸平安，洁诚致祭。又诣九龙庙拈香，逝者灵柩，安置甚妥。回拜杨静山。适出门，即在其寓所小憩。袁船户忽禀十一号船水手，为索欠被邻船夏姓杀，伤甚重。恐有不测，哷以速具禀来。一面将凶手捆缚，即着县差看守；为觅七厘散调治，看今夜如何，明日送清河县。

初七日

袁船户具禀，带受伤人与凶手到。立为验明，伤非致命之处，且不深透。讯非挟仇，只少年凶横，口角寻闹耳！凶手系伊等乡里，情愿调伤服礼，免送清河县受无穷拖累。准之。

初八日

天气晴热，寓舍读书。

初九日

苦热，挥汗如雨。袁船户同各舵工来见。为公项迟延，严饬之。李升自易州回，备知家中麦子已收，一切平安。接利濬自滕县寄来信，知山东直隶雨泽沾足。晚刻，杨静山来长谈。

初十日

半阴，苦热。店中殊难消遣，勉看书。

十一日

乘巾车赴外河看船。苦热。归途遇雨。晚刻，大雨如注。

十二日

袁船户来，缴呈借项。又求借。小人伎俩，求之太深，彼亦难为情也。事已垂成，姑且从厚。

十三日

闻昨日雨后，里河水涨七版，湖南粮船坏一只。寓中潮热。俞秋农刺史，第四运铅差也。于本日到清江浦，寓中长谈，且带黔省信来。知已补古州厅，三月出奏，七月内部复可到。杨静山家丁滋事，已移送清河县署，欲为挽回。静山盛怒之下，未便深言。小人不晓事，不至剥肤之灾，不止也。

十四日

辰刻，托冯店主将船定妥，拟明日上船。一面迁移，一面亲监本帮上闸。回拜俞秋农，长谈。将其近作诗带来一看。

十五日

辰起，至三闸。看上闸。闸官李某未到。申初时，全帮上完矣！俱属平安。

十六日

由舟中至二闸。闸官张藕村，人极明白，山东登州府人。廪生保举，得补闸缺。与之长谈，尚有书生本色。料理事务，亦极周妥。二闸上完，约未初。

十七日

辰起，至头闸。诸事不备，又兼之催漕委员李长庚滋闹，耽延时刻。杨静山全帮上完，已酉末矣！本帮只上一只，天已昏黑。

十八日

五鼓，由舟中起身至头闸。嘱闸官胡某，将各行差役俱妥备。本帮上完，约未正时。胡闸官人极古道，而办理一切，却不甚中肯綮。三闸以头闸为极险，幸俱平安竣事，可喜之至。计三闸赏号，用钱八十千。

十九日

嘱刘升、陈荣开账来。舟中大雨。闻昨日铜帮黄会初第二号船坏，铜斤亦落水。为之焦灼，打捞须多费，而闸官呼唤不灵，后帮又须停止。上闸处处棘手，殊难办理。

二十日

患头风。唾涕咳嗽交作。舟中工匠嘈杂嚣烦，殆不可耐。勉看书。

二十一日

拟天妃庙祭文：

维年月日，委运京铅贵州古州同知，谨以香楮牲牢酒醴之仪，敬致天妃神庙曰："蒙神默佑，三闸安全。敬备薄祭，矢以精虔。长江千里，绝少屯邅。兹值险要，尤赖矜怜。前途闸坝，更祝无愆。淀津早达，冀免迁延。书生拙直，所恃惟天。仰邀神鉴，惕厉勉□。尚飨。"

是日，由太平船移至车排船。缘船户店家，串通反复，宁失十余金，不可自招烦恼也。

二十二日

辰刻，冯居停来，言船户之恶，且又极力认错。窥其伎俩，总为沾染分肥，势处两难耳。遣丁送扇与张藕村。新换船甚轩敞，写字看书，或从此又少得进境矣！

二十三日

移舟至铅斤堆积处，地名御黄坝，以便照料一切。遣刘庆赴清江浦，因杨静山家丁恳求至清河县销案。官如痴聋，百呼不一应；差如蚊蚋，咀血而吮膏。此等虐政，甚于桁杨刀锯也。此可为在官炯戒。

二十四日

舟中午后大雨。作书一纸。铜船帮遣丁来，商移文与东河同知，请暂缓封坝，以免守冻。为用印前后，语颇龃龉。此所谓不晓事，而强作解人也。

二十五日

辰起，恭诣天妃庙致祭，牲牢肥硕可观。回舟。杨静山家丁来致谢，以昨日为向清河县讨情销案也。小人无知，耗财怄气，小惩大戒，未必非福。上三闸小记：

三闸相距六里许，一闸高一闸，每闸皆险，而头闸尤甚。闸如口，水如舌，浪如齿，自下而上，约丈七八尺。上闸之法，全在缴关。关制如辘轳，竖插于左右岸。缴关如转磨，每关须五六夫。大舟用关，凡三十、二十不等，以舟之大小为关之多少。最吃紧时，舟正封闸口。关之绳缆，皆系于舟之椿钉。锣鸣凡三罢，则缴关之夫，一齐用力，缴之急，则舟上之速。一鼓作气，不可中歇，一歇则舟横担于巨浪之脊，而中断矣！有以绳束缚柴者，有摇旗者，有放炮者，千余人齐声一喝，舟即平安而上。束柴，所以防舟为触石也；摇旗，所以为关夫耳目也；放炮，所以鼓众人之气力也。一事不如法，未能有瓦全者。上闸一定之法，而舟有坏、有不坏，则仍以舟底坚固为本，造舟时，不可惜小费也。吾帮幸万全，他帮坏舟三。

二十六日

备文会同各帮。移知洳河同知商办留坝事，并作书求其转禀河帅。午刻，杨静山来，长谈去。

二十七日

冯九如来，为前船缴价事。俞秋农来，长谈，留便饭。

二十八日

发夫价交刘升。舟中静坐。念近所交接，店家、船户、舵工、差役、家丁凡五等，皆嗜利无恶不作者也。然亦微有贤愚之别。心有厚薄，而外则一视同仁，使此辈颠扑不破，方免意外之虞。有明受欺而动声色时，使之知所畏而不敢再也；有暗受欺而不动声色时，使之得所欲而乐于从事也。有微露其弊，使彼自愧时；有不发其弊，使彼得意时。总之，用人取所长而弃所短，不甚支离，斯亦可矣！若事事逞精明，固日不暇给；事事装糊涂，亦养痈成患也。前日听杨静山谈一切事，昨日听俞秋农谈一切事，聊书此，以志阅历之一端耳。

二十九日

遣刘庆赴清江，向福生电追船价。袁船户来，言本日铅斤上完。清河县差公事告竣，索空白印结报前途。又言杨静山铜斤，少至七千余斤，此又一番大口舌也。过载行既不认赔，须要经官，一经官则有需时日，不能刻即开行，殊为焦灼。凡作冲途，官必须振刷精神，于过路差员，时时接见。则船户、车夫，人人有所畏惮，而不敢作弊，且亦借知差务利弊所以然处。一开口，批窍导款，即刁诈委员，亦不敢横生枝节。不然深居简出，及事到茫然不知头绪，惟差役、家丁之言是听，其流弊不可胜言矣！天气苦热，催促船户拟初二日定于开行。

七月初一日

辰刻，杨静山来，言伊帮铜斤事宜。昨日姚安自南京回，所办之事俱查核妥帖。接陈莲史方伯手信，并所书横帧诗扇等物。莲史诗专学苏黄而得其奥者。余谓宜专学苏，不宜参以山谷之生涩也。夜不寐，展转至五更睡去。为小偷窃衣十余件去，饬丁役人等此后小心，并际船户雇更夫。本帮一路平善，得此一警，使上下人心知惧，所益良多。

初二日

辰起，大雨，拟今日开行，适以雨阻。船户有所积蓄，意欲遣其叔其子回川，姑且听之。彼意此后所欠项可以不还耳。小人无远见，一何可笑！

初三日

辰刻，又雨。雨住开行。至杨家庄，闻船户杨继沛大病，殊为焦灼。舟中琐事，皆嘈杂不可耐，然浮云过太虚，不足动心也。

初四日

全帮铅船，俱至黄河口，上坝。

初五日

辰刻开行，约二里许，又上坝。天气大热，晒书卷字画等物。久住舟中，无物不霉变。

初六日

辰刻，看本帮船上坝，午后开船长行。计住清江浦，凡五十余日，小事烦杂，殊不可耐，兹放舟前进，心神一爽。

初七日

辰起，开行，约三里。船行迟延，以天气苦热，水手人等汗喘不能着力。看放翁诗。

初八日

辰起，开行。顺风鼓舵，十一舟全帮俱发，殊可喜。袁船户遣其子其叔回泸。赠以盘费，二人在路，俱属循谨可用。晚刻，迦河孙司马书至。言漕船过完，例即筑坝；铜铅船三二日通融，或能为力，倘迟延则不及矣！即遣丁传谕前帮胡船户，赶紧催行，以追及湖南帮尾为妙。是日，自众兴开行。风甚顺，夜二鼓泊舟，约行百里。众兴，市镇名。封河即桃源县，无城。黄河、运河，逼近县治。桃源，本宿迁之桃源镇。宋为淮滨县；元始改为桃源县。“园”讹为“源”，相沿已久，未之易也。

初九日

辰起，开行，风不顺。午后，风大而不顺，守风三神庙，距宿迁八里。宿迁，春秋时为钟吾子国；秦置为下相；晋为角城；唐改为宿迁县。

初十日

辰起，待前帮打闸完，然后开行。午，泊宿迁城外，投文过关。

十一日

辰起，拟拜易南谷同年，因开船匆匆，未遑酬应。南谷，湘乡人。前初至河南，会一晤谈，距今二十五年矣！会榜同年，寥寥无几，过门不入，殊觉歉然。是日，泊舟河干。待全帮不至，殊焦灼。

十二日

辰刻，守候来船不到。大风不能开行。昨夜暑热，呕吐不止。日来疲惫之甚。

十三日

舟泊窑湾，距朱家坝尚二百里。待前帮到齐。与杨静山商议，拟先行，看会否封坝，再定行止。付姚安银两，为前途结费，并遣赴山东省城，借支库款。此旧章也，随众办理。是日，接到易南谷信。

十四日

五鼓，座船先行。大雾弥江，风不顺，行四十里即泊。过宿迁以来，田家风景，居然北方矣！晚步河干，喜而有作：

农家粳稻少，黄谷间疏麻。
摘穗尝新米，编篱卫好瓜。
童牵牛待渡，客过犬无哗。
喜听年丰稔，云连隔浦赊。

十五日

中元节也。大风雨，舟不能前进。本拟先至朱家坝，乃连日守风，烦躁之极。既而怡然一笑：天下事大抵然耳，何足介意！纪之以诗：

事急舟偏缓，连朝又守风。
廿年尝此味，一笑问天公。
投老无长策，浮名肯热中。
无聊摊卷坐，合是著书佣。

晚刻，风少顺，雨亦止。河干即目：

小憩河堤上，斜阳事事幽。
雌雄飞粉蝶，子母卧黄牛。
渔网悬村店，人家带草楼。
儿童浑不识，农话略淹留。

日来病胃痛，口占：

胃病心神怯，还堪作短诗。
微眠不成梦，小药自为医。
茶酒庖人懒，温凉婢子知。
舟中谁共语，老仆太憨痴。

晚眺又得一诗：

暮景萧然至，云霞入画图。
波晴低掠燕，岸近迅征驴。
舟语仍吴楚，人烟界兖徐。
柳阴多夏屋，仿佛是吾庐。

十六日

辰起，开行。微雨。昨闻杨静山言铜斤短少，范大令赔银五百两，免行通报。此固地方官不慎之过，抑亦冲繁之缺，吏玩差疲，势所必至耳。计铜铅船，尚有四帮未开，不知又出事故否？念此为冲途州县恻然也。计自五月上旬至七月朔前，未作一韵语，缘天气溽暑，小病频仍，又上闸起拨，公务坌集。诗为天籁，欲强求一字不得也。昨日心气稍静，触物皆有会心，又觉诗兴勃然。午刻，过台儿庄，入山东境矣！台儿庄，兖州府峄县地方。边河市镇，极整齐。即目得一诗：

鳞鳞瓦屋俯澄波，画舫楼船络绎过。
驿柳官塘通小沛，水程邮政属东河。
环堤艓子饶鱼蟹，浴渚渔儿混鸭鹅。
欲买一樽聊小驻，兰陵美酒近如何？

峄县，春秋为郐子国；后为楚灭，改为兰陵；金为峄州；明改为峄县。自此以下，为东河督所辖矣！

十七日

辰起，开行，上第八闸。风顺。计自台儿庄至韩庄八十三里，或六七里一闸，或十余里一闸。凡入闸，轻舟径过，耽延时少。若粮船、铜铅船，则处处须缴关矣！静观运河形势，自瓜洲口至清江浦，不患无水，而患纤道之难。盖长江余波，支流蔓衍，修筑稍不坚固，则立刻溃决。南河工务较繁，而恰无干涸之虞也。自台儿庄以北，地势日高一日，不患堤溃，而患天干水浅不能受载，所以闸坝极多，以蓄水力。然山东、河南，春夏之交，类多干旱，水不足则漕运误。东河工务，较南河棘手，职是之故此臆见也。俟遇老于河务者一询悉之。午刻，舟抵韩庄。拜会闸官张静园，并管河县丞陈秋坪。言漕船尚在十字河，现在奉札下板，并即下湖板矣！果尔，则八闸无水，铜铅船不能前进。嘱其暂缓下板，一面专足送信与杨静山。拟明日赴夏镇，拜孙司马，面谈一切。

十八日

辰刻，带刘庆雇小船赴夏镇。行二十五里，至张王闸换船。又行二十五里，至铜沛闸换船。铜沛者，铜山、沛县两界处也。至十字河，水不甚浅。十字河者，借韩庄湖水，济运河之涸，横穿作十字形也。是日，晤吴光泰、陈炳堂、方柏心，面谈少时。于酉末时，抵夏镇，拜会孙翰卿司马，言湖板必不可下。何也？湖水闭，于漕船无益，而于铜铅船大有损。湖水南向，入闸，步步须蓄水而行。若一闭则入闸全干矣！运河闸闭，则水势不浅，漕船迅疾，断不致误。漕都盖不明此理，故委员持封条，两闸皆闭。大宪之言，有可从权不听者类如此。孙司马颇以为然。据言，本年水大，朱家坝不筑，且言铜铅船到韩庄，其闸随到随开，如此则万无守冻之虞矣！殊觉欣慰。回至店，孙司马答拜。见店中推车挑担，嘈杂殆不可耐。欲邀至伊署住宿，予谓此故风尘之常事也。作地方官，下乡勘验，每月中有此困厄，何足介怀？

十九日

五鼓，起身回韩庄。仍坐小舟。酉正时，抵舟中。随即会张静园，嘱以一切，遵照办理。专遣水手回。接刘升禀，知全帮已过台儿庄，约二十日可到。是日，张闸官留便饭，长谈。

二十日

舟中苦热，料理琐事。作书一纸。得诗四首：

五日韩庄住，喧嚣趣转幽。
捕鱼小艇疾，驮客短驴遒。
浣女依深柳，浮鹅戏碧流。
欲知湖水涨，时立石桥头。
莲褪尝新藕，枝低压雪梨。
市炊晨卖饼，农饭午闻鸡。
闸闭商船集，官来驿马嘶。
客心争日月，凝望夕阳西。

长日舟中住，浑如水榭居。
遣情看斗鸭，薄醉乐知鱼。
人静粮艘远，波恬客舫徐。
欲寻村外景，随意坐巾车。

盼断舟无信，连朝滞运河。
客愁谁慰问？帆影望蹉跎。
闻事牢骚极，看书肮脏多。
暮年仍结习，一笑醉颜酡。

数日待帮船不至。偶寻张静园、陈秋坪闲谈，亦无聊之至也。

二十一日

申酉时，二帮船始陆续赶到。诣杨静山舟中，问其患病之由。盖积劳苦热，心力俱疲。自念此身历忧患寒暑已一年之久，为人怜，又自叹也。遣丁送闸官土物。

二十二日

辰刻，看雨，帮船过闸。夜间患腹痛，辰起倦卧，又苦溽暑熏蒸。晚步湖堤散步，得二诗：

平野落斜日，西风荡水痕。
舟屯知近坝，湖溢旷无村。
小鸟草花上，青虫老树根。
篙工闲纵博，舱底一灯昏。

小窗幽复幽，野泊味凉秋。
欲语偏无客，衔杯喜近鸥。
近家需岁月，行役却淹留。
剩有微吟兴，推敲若未休。计离家只八百里，而舟重难行。运河纡绕，竣事回里。屈指须在冬月间矣！

饭后舟前小步：

咫尺篷低处，行行往复还。
秋凉徐却病，心瘦不能闲。
形迹芦中雁，功名雾里山。
呼僮泼新茗，一笑破愁颜。

二十三日

舟过韩庄二十五里矣！运河水浅，借湖水灌注，舟始得行。日前与张静园、陈秋坪饭后闲谈，二人皆老于官场者也。别后追念，纪之以诗：

于役真成汗浸游，萍逢欣与话绸缪。

江湖老境君真健，静园山东游幕四十余年。忧患余生我亦遒。

虑事恰如强弩末，味甘妄冀蔗梢头。

来朝打桨匆匆去，翻祝风帆阻石尤。

视杨静山病，回舟有感：

更无惬心事，溽暑困危船。

无病还如病，怜君转自怜。

风云多变态，魑魅有微权。

浩叹开书卷，艰难忆昔贤。

晚，泊滕县境内。春秋滕、薛、小邾，皆此地；宋改为滕阳；金改为滕州。河干买菱角、鲜梨。得小诗一首：

柳梢红抹夕阳低，小泊河干路欲迷。

解事儿童扣舷卖，一篮菱角一篮梨。

二十四日

先开船，至夏镇。嘱闸官下板，以便蓄水。过十字河，水浅甚。全帮过铜沛闸，不能前进矣！遣姚安送土物洳河司马署，并团扇等物。江西广信府成月舫太守登舟拜会，意在使闸官启板，以便过闸。事属公务，未便允行，婉谢之。

二十五日

辰起，孙翰卿司马招饮，以河鱼之疾辞之。昨日闭夏阳闸、铜沛闸，计半日一夜矣！水力已足，而全帮不至，遣人探之。诗以纪事：

涸辙何由济，晨兴待好音。
移舟如撼阵，借水似捐金。
坐视无良策，飞升有妄心。
客愁头欲白，智勇两难任。

张静园登舟送行，意殊殷拳，示以昨日之诗。晚刻，赴孙翰卿司马之招。席间长谈，略知河工事宜。运河自清江浦以上，苦于水少，日行数里，浅滞处非下闸蓄水，则寸步不进。作诗纪之：

曾下川江万仞滩，汉淮急浪复漫漫。
又逢弱水歌无渡，并作人间行路难。

俚俗小曲，亦分工拙。近日南北新调，扭凑不成文理，腔亦浮滑无味，不如老曲远甚。舟泊夏镇，夜二鼓矣！忽盲女三人，登舟清唱，音节抑扬，宛然四十前旧调。倾听移时，为之首肯，礼失求诸野。此一端，纪以小诗：

无意停舟忽听歌，一声一折记无讹。
分明四十年前调，为尔翛然遣睡魔。

二十六日

闻杨静山船户锁拿闸差，几致酿事，此所谓狐假虎威也。遣家丁去为之调停，为李铁卿书画扇。

二十七日

开闸启行，二帮俱进。河界属沛县，有汉高歌风台旧迹。沛在春秋为逼阳国。回望韩庄口占：

乍离濡滞地，如鸟脱樊笼。
篙动掀轻浪，帆开逐好风。
点窗芦絮白，媚客蓼花红。
回首疏新雨，谓张静园、孙翰卿。烟波目力穷。

二十八日

开船，行二十里，入鱼台县境。鱼台，鲁之棠邑。隐公观鱼于棠，即此地。秦改为湖陵县。晚，泊南阳。运河外为南阳湖，菱藕鱼虾极贱。饭后即目书怀：

野谷黄垂穗，塘芦白满头。
客程方计日，天气已深秋。
家近多乡梦，心忙忘旅愁。
一官真自笑，不及水边鸥。

二十九日

孟秋尽矣！晓起，百端交集。即事偶成：

揽镜朝朝白发新，自怜强半百年身。
失群旅雁忙于我，归岫闲云俯笑人。
迹近模糊证器量，事难隐忍率天真。
昌黎肮脏香山达，可惜文章未等伦。

午刻，至南阳小泊：

南阳暂停櫂，盐米事如毛。
市小人声聚，舟多水力劳。
瓦楼高矗矗，岸柳碧条条。
齐鲁冲繁地，于今类弁髦。

午后，过闸。计至济宁尚八十里。西北一带，山色可爱。喜而有作：

挂帆迂绕运河湾，数月何曾睹翠鬟。
记事有诗无健句，推窗今日喜看山。
峥嵘苦行黄芦外，窈窕菱塘柳陌间。
料得无缘瞻泰岱，眼前突兀亦开颜。

八月初一日

辰起，过闸。晴旭满窗，远山在望，烹茶静坐，心旷神怡。久住舟中，或数日不见一人，弥月不闻一事，惟作字看书，谋饮食而已。一笑成诗：

缓衣不带帽欹斜，静极看书眼不花。
客久渐忘官气味，舟中习惯懒生涯。
霜螯肥硕大如碗，药酒酣黄浓似茶。
庸福从今须记取，胜于公署胜于家。

饭后，过闸。闸上有仲夫子庙，肃拜低回。敬题一诗：

人皆恶闻过，夫子独不然。
即此足千古，所以为大贤。

废书或有激，迂圣率共天。

北鄙乃真气，吾儒仰所偏。

醉后恍然有悟，戏成绝句：

同官如我皆半百，问谁能保十年身？

不须苦念夫已氏，都是无名陈死人。

初二日

辰起，上闸。距济宁六里。连日行山东境内。千里稼云，一望无际。沿路居民，虽妇孺皆伉直，语言不逊，习俗然也。然恰无南人诡谲淫靡之气，亦自可取。登堤怅眺，得一诗：

千里郊原落日红，运河一线走山东。

青徐平野无闲土，邹鲁遗民有古风。

阙里为瞻空想像，泰山何处缅穹窿？

官身哪得恣游览，孤负驰驱道路中。

午后，抵济宁州。州置滨河，廛市整齐。到此须停泊一日，俟灌塘子，才得起行。灌塘子者，水浅舟重，须将两闸下板，待水灌足，然后开行也。

初三日

舟泊济宁，上岸步行。买卖铺屋，多在运河堤上，繁华而门巷清洁，远胜江南市镇潮湿污秽也。

初四日

辰刻，自济宁开行。待后帮不至，缘舟人卖杉木，故迟延也。晚，泊安居，距济宁十五里。太白酒楼，在济宁南城。贺知章为济宁令，觞白于此。夜患河鱼之疾。午后，困卧舟中。偶成：

小恙剧疲惫，如蚕眠且僵。
生来元落拓，死去亦寻常。
此腹或疑虫，中山况有狼。
只亲在何许，一念一沾裳。

初五日

辰起，舟小泊。各船赏号发讫。以前在壁虎桥，尾舟几坏，众水手竭力推挽，故得无恙。晚，入巨野县境。古大野地；五代周置济州。运河纡绕，入汶上县境内。汶上，在鲁为中都；在齐为平陆；金改为汶阳；后改为汶上。晚刻，上闸。地属兖州府嘉祥县，澹台灭明故里也。有澹台山。

初六日

巳正时，至分水龙王庙，上岸行香，此后运河皆下水矣！运河东北曰“汶河”，引以济运。水趋西北，故上水为下水。其运河之水，入汶河折而东矣！所以谓“分水龙王庙”。据土人水手之言如此。相其形势，良然。惜不得《汶上县志》一考。谒闵子庙。敬题：

孝子乃高士，辞微婉且深。
权门不可入，天爵本来尊。

虽复语言少，枪砚智勇沉。

我游汶水上，瞻拜涤尘心。

初七日

辰刻，行十余里过闸，入东平州境。东平，鲁附庸须句国；汉为东平国治，无盐；宋为东平府；金谓之东京。午后，北风大作，舟不能前进。守风闷甚，得一诗：

终岁住舟中，胡厌守风苦。

事非情所顺，便觉意龃龉。

瀌瀌白杨鸣，萧萧黄叶舞。

飞尘自北来，恰与南船杵。

篙橹听无声，群舟如伏鼠。

水手十余人，叫嚣相笑语。

或讴下里歌，或作樗蒲赌。

我亦寻所乐，摊书弄笔楮。

掀翻架上编，方寸萃千古。

雕搜眼前景，字字倾肺腑。

情思忽怒发，奋若出强弩。

奥旨有会心，快如挝羯鼓。

精神有所注，构思拟耀武。

须臾众船开，闻已过前蒲。

吾意亦相忘，轩轩若霞举。

初八日

辰起，念利濬儿，今日入场矣！摒挡家务，奔驰道路，文理荒疏，未必能中式。然开考必到，不以境地移易初心，是我家衣钵也。尽人事以听天命，亦自心安理得。山东一带，年景丰收。每小米一斤，钱九文；白面一斤，钱十七文；其他瓜果梨枣，无一不贱。千里长途，不逢一流丐，客中极难得之况也。舟中秋凉，换棉衣。喜而有作：

凉箪初离榻，秋深喜着棉。
起居才尺地，裘葛已经年。
米麦无昂价，瓜梨不计钱。
长途丰稔岁，去住意欣然。

舵工、水手，在汉口买杉篙，每百根钱七千五百文。带至山东境内，每百根值四十余千不等。可谓利市三倍矣！然远涉江湖，过关上税，出没于惊涛骇浪中，毫无怨言。保守铅斤，平安无事，所谓小人乐得其欲也。借彼营私之力，助我公事无虞，亦计之良也。他帮运官，与之锱铢计较，殊不晓事。即事得一诗：

小人无远虑，只为微利谋。
长江行万里，性命如浮沤。
指使听其长，昼夜不能休。
或牵岸上纤，汗喘如疲牛。
或弄桅上篷，矫捷如飞猱。
住篙旋打桨，健步还善泅。

有时大风作，号叫如同仇。

肢体不复惜，蹂躏污泥沟。

移樯负以背，缩板忘其头。

终岁冒危险，肤发类俘囚。

诘彼何所乐，问彼何所求？

自言有家室，谋食无先畴。

驾船兼贩木，聊以代锄耰。

所嗟关税大，格外恣分抽。

所苦船户恶，把持如咽喉。

念此为长叹，力食无虚浮。

税丁与船户，养尊而处优。

上下任欺罔，彼哉如赘疣。

赘疣恰难治，一笑付东流。

初九日

入寿张县境，仍兖州府属。春秋为齐之良邑；东汉改为寿张；南宋曰寿昌。天气渐凉，胃病时发时愈，殊不可耐。作一诗遣之，意欲以诗神攻病魔也。走笔疾书，得二百二十四字：

久住舟中不畏病，调摄温凉适吾性。

既不束带见长官，又免排衙临兆姓。

饮食节制无过当，起卧晨昏恰有定。

自谓天君常泰然，五官百骸皆从令。

何来小丑恣跳梁？隐隐胸间逞枭獍。

初如伏鼠横，继似拳石劲。
按之酸涩势欲呕，摩之上下气相迸。
起立腰背痛若折，反复双眸不暂瞑。
倏忽退避觉怡然，陡使心神朗如镜。
再摩再按一物无，问尔胡为此行径。
小人例为君子仇，何事干卿苦争竞。
汝能阨我我无言，顺逆恬然付之命。
况复因祸转得福，阳长阴消理斯胜。
二竖徒为无事忙，焕发精神养吾正。

二鼓后不寐，感事又得一诗：

孤灯耿耿四无邻，静坐凄惶叹此身。
忧患根于多识字，蹉跎病在耻求人。
助无将伯怜娇子，梦绕先庐忆老亲。
万里归来剧怊怅，世间冰炭本非伦。

初十日

入东昌府，聊城县境。东汉为济阴；唐为博平；宋为濮州。聊城，殷为微子国；齐为聊摄；秦置聊城县。是日，晴朗。安徽回空漕船，络绎不断。酉末时，抵东昌府城外。过闸月色大明。即目得一诗：

上下光相射，波翻月有芒。
人烟双岸静，露气一舟凉。
夜火明孤驿，秋声聚白杨。
客愁浑不寐，十里望东昌。

十一日

辰刻，风顺。饭后，风太猛。回空漕船，弥望不绝。河面逼窄，水手嘈杂，殊周章费力。午刻，守风。读苏长公致秦太虚书，手加批点，颇有会心。窃谓我辈处事，不能无愁，不可甚愁。无愁则近于庄老，不近人情；甚愁，则近于执中，毫无生趣。思患预防，不蹈陷阱，随时行乐。自适其天至，非人力所能为者，付之彼苍而已。善乎东坡先生之言曰："水到渠成，不须预虑也。"

十二日

辰起，开行。天气晴朗。即事口占：

舟居浑不定，调摄费周全。
有警中宵坐，无聊半日眠。
市遥常断菜，渔近或烹鲜。
风色犹难料，朝朝只听天。

是日午后，回空漕船填塞，不得前进。至初更后，月色大明，全帮夜行。至四鼓后方泊。距临清州只六里矣！

十三日

辰刻，抵临清州城外。过关上税，持帖知会陈刺史。名宽。须至后日方得开行也。齿痛腹痛，勉至大街，买零星用物。临清，古临清县，明升为州。

十四日

辰起，传集家丁、水手等人，发给过节钱文。是日，风大顺。前帮浅搁不能进。坐船先行，至油坊，地属直隶清河县。对河即山东临清属。舟中戒严，以此处向多贼匪抢劫。持帖至营汛，借更夫。

十五日

舟中过节。是日，船户至舟中，交银百两。风色不顺，行颇迟滞。是晚，夜色大明，倚桅久望，听邻舟与本船水手饮酒，欢呼乐甚，为倾羡久之。得一诗：

去年中秋客泸州，雨昏夜黑神鬼愁。
今年公事尚未了，中秋乃在山东舟。
舟中夜半月如镜，运河上与天河映。
谈无佳客睡无眠，独倚危樯发清兴。
四望漫漫平野宽，渺无云树与峰峦。
太清何处容渣滓？便欲乘风入广寒。
俄顷喧嗔拇战哗，舟人饮酒语纷拏。
各言痛饮看明月，不许言愁不忆家。
小人无知能作达，我闻其语精神发。
朗吟丽句起蛟龙，飘飘势欲排仙闼。
顿觉乡愁与宦情，脱然无累万缘轻。
呼僮酌酒更磨墨，酒罢诗成天已明。

十六日

入武城县境。夏后氏封其子武于此，战国平原君封邑也。地有弦歌台、子游祠。

十七日

辰起，开船。阴雨。行七十里，至郑家口停泊。河东属武城，河西属故城。故城，直隶河间府属。所谓犬牙相错也。步行上岸，买毡毯等物。杨静山以诗册来质，为加墨。

十八日

辰起，未开行，以前帮有事耽延也。饭后开船，纡绕三湾半日之久，只三四里耳。天甚凉，重着棉衣，犹觉凄冷。

十九日

过故城县，河间府属。晋为东武城；隋为历亭县；唐改故城县；宋改名思州；今仍为故城。界景州献县。其营汛皆景州弁卒也。董家里，为董仲舒下帷读书处。周亚夫细柳营址，皆在景州。日华宫，河间献王所筑，以延文士者。瀛海楼，瀛洲第一亭，皆在郡城。附记于此。

二十日

辰刻，至德州。待姚安不到。嘱船户刘升等，以小心前进。予乘座船先行，拟早到天津，办理拨船事务。不然，恐在天津守冻矣！德州，春秋属齐，为重邱邑；汉为安惠县；隋谓之将陵县；元为陵州；明改为德州。是日，风顺。水浅舟胶，殊费力。

二十一日

辰刻，过吴桥县境。吴桥古亦将陵地方。午，过东光。先大夫旧秉铎处也。回首趋庭之日，距今已二十五年。风雪灯窗，每课艺成篇，先大人立为批判，来岁逐成进士。今鬓毛斑矣！旧地重游，泫然泣下。申刻，至夏口，遣人诣红庙，问王罗九同年。备知其夫妇皆以弃世，长儿乡试未回，次三子皆未在家。稍致菲情，竟不得达，为之怅然。

二十二日

辰刻，过泊头。舟人买卖市物，耽延半日。方柏心船相距里余。是日，夜行，过南皮。魏文帝丕，为五官中郎将，筑射雉台于南皮，以燕宾友。夜行得顺风。方柏心、童云逵帮船已在后矣！晚，至沧州。

二十三日

由沧州起行。沧州，汉勃海郡也；后魏改为沧州；唐为景都城。唐阳城，字亢宗，隐居沧之中条山下。是晚，泊青县城外。青县，唐之芦台军地也；宋置乾宁县，后改曰“清州”；明改为青县。

二十四日

入静海县界。宋以清州涡口寨为靖海县，明改“靖”为“静”。泊舟得一诗：

停舟欢喜问前程，投老尤深故里情。
入馔壶浆皆惬适，听人土语渐分明。
询途屈指曾经历，问旧惊心半死生。
是我曾王宦游地，百年孙子此遐征。先曾祖由子公，曾任静海县教谕；先高祖雨苍公，就养署中，详见《潜谷老人集》。

午后，过静海。县治临运河之滨。粮船回空，纷集河干。舟人撑支前进，殊费力。幸三二日内，风色甚好，每日尚行百三四十里。申正时，过独留镇。商船凑泊，廛舍整齐，北方水路马头之繁闹者也。距静海二十里，距天津七十里。是日二更后，舟泊杨柳青。步行上岸，访王鼎泰，托其带家信至易州。

二十五日

四鼓后，开行，清晨至天津关泊舟。上岸一行。忆二十八岁，由京赴东光省亲，曾至天津。距今二十八年矣！风土人情，繁华侈丽，迥非昔比。

二十六日

舟中作字读书，料理琐事。

二十七日

自舟中移至天津河北街震兴客舍。晤西江李燕堂，言包办铅斤到部事宜，俟再商议。

二十八日

辰刻，衣冠。诣天津县，言办拨船事。旋至世昌茶店少坐。晤胡占老，新自易州来，备知家乡近事。

二十九日

辰刻，吴光泰来拜，并邀午饭。鼎泰号王四爷叔侄二人来拜，知家信已发。方柏心、胡占奎来店长谈。午后，同方柏心、童云逵在小关浮桥左酒楼畅饮。食蟹过多，晚回店，又发河鱼之疾。

三十日

辰刻，童云逵、陈炳堂来拜。长谈，留便饭去。饭后，方柏心来长谈，言办拨船事宜。午刻，方柏心招饮。是日，全帮抵天津关。俟回空漕船过完，再前进。海口停泊。

九月初一日

辰刻，送菜与袁老板。闻全帮俱过关。船户之事已完，此后拨运通州，不与船户相涉矣！赴胡占奎之招。会其令兄辑五，对酒长谈，老成练达。姚安自山东领银至，一切俱属妥惬。

初二日

赴陈炳堂之招，戏亦可看。是日晚刻，与李燕堂商办料理部事，似有可成。看杨静山病，长谈。其人强健，一病两月，尚未痊愈。正在办公之时，殊为焦灼也。

初三日

船户引木厂人来，书契，用印，交银一半。拟致祭水神祝文：

维年月日。委运京铅贵州古州厅同知，谨以羊豕香楮之仪，致祭天津水神位前曰："万里于役，百事顺成。穷官拙钝，自愧无能。曷克臻此，仰赖神功。伏乞默佑，顺达帝京。倘叨幸顺，矢忠矢诚。一节终始，报德兢兢。谨备香楮，佐以牢牲。伏维昭鉴，俯谅愚衷。尚飨。”

初四日

邀集方柏心、童云逵、陈炳堂、袁雨田观剧。洪园酌酒，极尽欢而散。是日晚刻，利濬、郝四弟，至自家。问讯，一切俱平顺。利濬闱文舒畅，只不得题解耳。

初五日

天津县拨船已到。即传谕各船，明日开舱，兑交铅斤。

初六日

天后宫致祭。焚香，申祝文。各船散福，连日与郝四弟、利濬谈家乡事。

初七日

王鼎泰来拜。少年老成，望而知为成事之材。是日，送交拨价银三百两至天津县署。

初八日

饬家丁将妾柩移置旋易舟中，一切俱属妥贴。拨船已兑交八十余万。天津县差办公亦可谓速矣！李燕堂自通州回。

初九日

寓中料理琐事。

初十日

遣利濬送妾柩还家，先茔妥葬。嘱以一切斟酌办理。是日，黄会初、张恒齐、方柏心拜会长谈。备知各帮事宜。

十一日

出门拜客。至杨静山寓处一谈。是夜，风雨大作。

十二日

辰起，苦寒，北风不止。计今日头拨，不克起行矣！

十三日

辰刻，派刘升、萧贵、李贵押头拨船，四十七只，先行赴通。船户意在骗去所借银六百余金。嘱姚安等不必与之口角，看伊究竟何如。陈炳堂来寓长谈，并所托之事，俱妥办。利濬带来《北学编》，匆忙中略一翻阅。笔下简净，惜先儒本传不全录。

十四日

二拨船尚未齐集。吴光泰来辞行。天气苦寒。看《题名录》，天津县中式举人至十四名之多，可谓盛矣！

十五日

亲赴河干，看定赴通坐船。袁船户前后账目结清。小人技穷，指天誓日，亦可不必深求。各项俱已清结，胸中为之一快。

十六日

二拨船尚未兑清，饬姚安速办。将船票、契纸、借字一并交还袁老板。书借字一纸，收讫。帮船大小事务，俱了妥矣！一年葛藤净尽，如附背之疽，霍然全愈，并瘢痂俱无也。

十七日

辰刻，船户、舵工来谢赏，慰劳遣之。去处小人，不即不离，彼平心自念，亦无所憾。饭后，催督家丁、差役、火夫人等，自店移舟。舟颇湫隘，然数日水程，亦易将就也。饬姚安催促二拨领价，拟早开行。

十八日

移舟至拨船处，未能开行，以天津县拨价未交清也。闻前帮二拨亦未起行。舟中烦闹之至，上岸一行。

十九日

午后，开行。尚有拨船二只未发，留姚安在后。此番拨船二起，较他帮稍先者，以前拨去九十余万，二拨只十余万，船只八只，拨价易为力也。晚，泊北塘，去天津三十里。

二十日

舟中苦寒，北风甚厉。今年节气早，恐至通州不免守冻之虞。是日午刻，过杨村。廛市整齐，武清县地方。

二十一日

饭后，姚安赶来。知后拨二船，亦完讫开行矣！税薄未经带来。忙中有误，殊费周章，专足李升走取。午后，拨船一只浅滞。寄铅坐船上十三块，收讫。一路嘈杂，至天津起拨尤甚。盖官偷吏玩，家丁不晓事，干没拨价，惘不畏法。闻前帮二拨尚未开行，恐不免滋事也。

二十二日

辰起，自河西坞开行。北风苦寒，舟中勉作字看书。河干晚眺，得一诗：

秋尽霜清木叶疏，停舟凝望意何如？
寒鸦乱点团焦屋，团焦屋即团瓢，见《金史》。老特徐牵薄笨车。
黄柿碧菘堆野店，白绵红枣晒晴墟。
分明是我家山景，久客初归恋有余。

二十三日

辰起，开船。北风不止，勉作字一纸。自十八日由天津北上，水浅舟迟。早晚苦寒。即事一诗：

津门凝望水云残，猎猎风声响似滩。
时逼初冬游兴少，身缘行役到家难。
橹篙北地由来拙，僮仆黔人不备寒。北人操舟笨滞，黔中僮仆皆无裘衣。
计日亲邻应抵舍，谓利濬与郝四弟。团栾儿女话平安。

二十四日

午刻，抵通州。住河干恒泰店。房屋静洁，殊觉惬意。方柏心、李燕堂来看。备知抵通交铅事宜。

二十五日

出门拜客。晤金书史。又谒通永道龚观察，名裕。由知县洊升至观察。禀谒长谈，似甚谙炼。李升自天津取税薄回。二拨船俱到，免此一番顾虑矣！

二十六日

雇车带家丁，携报部公文进京。进齐化门，探视成三兄，适不在家，为留土物数事，书片缕言一切。出前门，将部文并使费银两交陈书吏。拜梅伯言，亦以拜客出门，留先集小草各一部。至家霁桥官宅住宿，昆季长谈。

二十七日

辰刻，会梅伯言，畅叙近事。论古今诗古文淋漓尽致，亦一乐也。旋至本家卓峰官宅道喜。其令弟名钟华，新捷京兆。是日，回通州寓舍，已初更后矣！

二十八日

辰起，知二拨铅斤俱抵通。斤两块数无短少，为此差一大欣幸。一年之久，万里之遥，竟得平安竣事。方柏心拜会，长谈去。李燕堂来，言吏部事已转达，俟进城再定。

二十九日

书信寄梅伯言，将日记二本送去一看。午后，方柏心邀便饭。席散，已上灯时。

十月初一日

遣姚安进城，书片寄家卓峰霁桥。辰刻，邀吴光泰、李燕堂早饭，长谈。

初二日

辰起，为友人作画。遣刘升赴通州催领银。书家信寄利濬。姚安自京回，接霁桥回信。

初三日

遣李升回易州，送家信。杨静山拜会长谈。天气渐冷，阴惨有严冬气象。坐粮厅领银一千二百五十两，银只一千一百三十两。

初四日

辰起，至方柏心公馆长谈。饭后童云逵、陈炳堂答拜。与友人商前在古州任内拿获要犯之案，部书需索此事，不存成见，量力而行。窃谓此差万里奔驰，拼性命，冒危险，及至抵通，讫可小康矣！乃复为部吏所胁，层层须索，处处刁难。如远行人疲病到家，望里门欣欣有喜色。而僮仆无知，诘姓氏，盘来历，阖户不纳。谓为无理则非是，然亦足以寒久客之心矣！书此莞然一笑。

初五日

辰起，李燕堂来领银二百两去。住通州已十日矣！米珠薪桂，食指繁多，旅费不能不略为樽节。通州，汉为潞县；魏改为潞郡；唐为元州；金为通州。客舍遣怀得一诗：

不妨魑魅喜人过，烦恼其如淡定何。
午夜看书心气壮，晓韩把酒醉颜酡。
遣愁细玩徐无鬼，好事谁真曳落河。
咫尺家乡未能到，寄言重叠不嫌多。

时遣差旋易，故末语及之：

旅邸开门潞水滨，朔风寒逼小阳春。

市廛寂寞粮艘去，车马繁多帝里亲。
物价低昂知土产，方言明了尽乡人。
抽簪欲学渊明隐，无奈爰书促客频。

就近告病极便。然部文报销事件，仍须还黔核算，报部销差。

初六日

头目肿痛，盖严寒中气闭塞故也。成三兄遣人送信来问候，赏来使，并书信答之。晚，至方柏心处一谈。

初七日

辰起，前病少愈。念日前晤梅伯言，纵谈文字，快意惬心。记之以诗：

欢喜相逢笑语粗，先生丰采健于初。
清瘦诗卷王摩诘，经济文章陆敬舆。
饱学恰无名士气，农曹不上理财书。
河当归隐家山后，门外来停问字车。

成怡堂，予前在零陵同城寅好也。作官廉勤耿介，深得弁卒之心，仍以失察案，废弃家居，一贫如洗。日前探视，未得一谈。昨接其手书，以齿疾不克出城，词致殷拳之至。为善不获报，使人有搔首问天之意。感成一诗：

万里归来鬓发新，名场我已是陈人。
繁华短梦心无恋，落拓穷交谊最真。

官近刚方多戾俗，士能清介类长贫。

奇愁难索寻常解，欲向苍苍问夙因。

是日晚刻，方柏心来寓，长谈，去。

初八日

辰起，催促姚安至铅局看打捆，此李燕堂办事不谨之过也。天气严寒，河冰渐厚。倘再一迟延，则前功尽弃矣！诮让之，伊亦自知非是。午后，至铅局，候坐粮厅点验过秤。官默无言，书办弄之如傀儡。

初九日

辰起，发通永道文书一角，结三纸。吴光泰回泸州，遣丁送之。其人沉默有为，不似市井流辈。作字看书，午窗晴暖可喜。是日晚刻，步行河干，约五六里。灯下，李燕堂、方柏心来长谈。

初十日

辰起，料理寓中琐事。煤米柴炭，为之小立章程。不然，十余指狼藉散漫，所耗多矣！晚，至方柏心处一谈，以其明日移居进京也。

十一日

辰起，病似稍愈。午刻晴暖，作字读书。

十二日

辰刻，铅斤俱自通拨至大通桥。报部文书已发。陈炳堂邀早饭，辞之。为人书条幅、画扇。通州客舍即事小诗：

寓居殊雅洁，月费十千钱。

巷邃前临市，门高后泊船。

仆童忙暂释，车马静闻喧。店中车马，皆在对门另院。

凡事皆难料，斯来亦夙缘。

本拟公事罢回家，由陆路起程回黔。因寓舍甚好，仆丁太多，回家安置诸多不便。且竣事约在明年开篆后，计河冰已开，由水路旋黔，资斧既省，而人丁亦免奔驰之苦。前诗辞不尽意，再成七律一首：

自笑身如不系舟，随风漂泊又勾留。

简书未了劳人事，潞水聊为卒岁谋。

故里妻孥频怅望，寒冬薪米费绸缪。

书灯酒盏生涯在，且自寻欢莫觅愁。

十三日

差禀，铅斤已全数起拨至大通桥，此可无守冻之虑矣！童云逵招饮，辞之，以宿疾未全愈。聊且守静，为作字看书之乐。

十四日

辰起，霍贵至自家，并赶车来。接利濬信，备知一切琐事，办理俱少有头绪。妾柩于二十二日，安葬良村先茔。其人贤明，故身后行万里风波之险，平稳至家，俱都顺适无违误。

十五日

辰起，起程赴都。虔诣正杨门武庙求签，虽系中平，而一语恰与心事相符，抑亦神矣！拜陈书吏，将银交清。又至冯某处，托其照料吏部事。晚，至家霁桥官宅住宿。

十六日

邀霁桥并九弟十弟观剧。都门风景，略知大概。

十七日

辰起，收拾行李，回通州。将一切应办之事，谆嘱李燕堂与伊家人黄姓。本帮铅斤，全数抵大通桥矣！约二十四五日间，可以到部。晤成怡堂长谈。出齐化门。是晚二更后，回通州寓舍，月色大明。

十八日

辰起，寓中料理琐事。

十九日

辰起，感事偶成：

远信低回再一开，佯言平善转疑猜。

祖宗遗泽淡而远，造物误人小有才。

凉薄难邀天眷厚，身名忘自读书来。

萧萧鬓发愁千丈，安得希文义产财。

是日，浓阴，微雨，苦寒。宿疾不愈。饭后散步。即事有作：

夙疾无须药饵扶，苦茶一滴似醍醐。
味书快胜弄酒盏，习步暖于团火炉。
忙后心情容易静，客边邻舍不嫌孤。
关心再听亲朋信，琐琐烦难一扫除。

二十日

阴雨苦寒。

二十一日

进京，交空白文结与陈书办。是日，住霁桥六弟官宅，以其明日嫁女故也。夜晚大吐，闷极病甚。

二十二日

五鼓起，送亲至姚员外家。名光璐，迁安县人，现任刑部员外。勉强支持，幸无贻误。是晚，仍住霁桥宅。接梅伯言手信，亦病诊未愈。

二十三日

辰起，头脑闷极，驱车回通州寓舍。

二十四日

寓中料理琐事，小疾已愈，如释重负。

二十五日

辰起，料理琐事。申饬厨人。弄巧成拙，贪得无厌，小人伎俩，只顾目前占便宜。语以长久有成之道，彼则以为迂阔。不知即刻逐去，即刻无依，并目前亦顾不得矣！稍假词色，即以主人为可靠之长城，其见识直犬马不如。

二十六日

辰起，遣姚安进京买药。李燕堂来使取银，酌给百金，差李升同去。京都拐骗，即小事亦须慎重。灯下即事：

习静喜无客，书灯旅夜幽。
煨茶添油火，立砌着重裘。
怯冷衰将至，无缘淡寡求。
帝乡虽密迩，寂寞一官留。

二十七日

辰起，料理寓中琐事。谕仆得一诗：

细人多自误，嗜利性无恒。
小慧岂长策，轻心失老成。
已忘虚岁月，人为惜聪明。
此辈何足道？原箴公与卿。

是日，发付李燕堂来使回京。

二十八日

午刻，欹枕小睡。梦母。与伯母如少壮时，经营家计，似为薪米丰啬，筹画留余者。寤后，纪之以诗：

少小寻常事，无端入梦来。
慈颜如少壮，家计费安排。

儿已霜成鬓，心还赤似孩。

醒时仍旅舍，独坐不胜哀。

二十九日

辰起，遣姚安、刘升进京分办琐事，并遣万忠等至京一看。午刻，作书苦寒，书信寄家霁桥。梅伯言，前二十一日自通州起身赴京。苦寒。途中示僮仆等口占一诗。今日补书之：

驱车晓发潞河店，北风凛烈吹霜华。

肌肤僵冻不可耐，我僮我仆皆咨嗟。

垂头缩项可怜态，背人细语不如家。

温言笑慰僮与仆，不须畏冷如首鼠。

试观路旁车马客，我行清晓彼五鼓。

瘦驴破帽肩行李，中有饥寒贵公子。

席丰履厚终落拓，奔走功名忘其死。

志士青春念岁寒，披霜犯雪志弥安。

红炉暖阁神仙福，甘苦原难一例看。

语言未了出朝旸，早餐廿里定番庄。村名，距京二十里。

店佣寒暄如旧识，殷勤为客罗酒浆。

三杯得暖精神发，一饱能教意气扬。

驱车前进马蹄骄，嬉笑声和举趾高。

舒惨无常才一瞬，炎凉不定判崇朝。

人情大抵皆如此，试看纷纷市与朝。

三十日

辰起，头、目病霍然。念铅斤尚未到部，点验实收，不知何时。此坐粮厅雇车少而迟延之过也。权非己操，只好听之。寓舍无聊，作诗自遣：

晓日射东窗，晴暖亦可喜。
拥被独高卧，小婢已早起。
洒扫洁庭堂，拂拭净床几。
拨炉酌添火，烹茗弃宿水。
虽属琐屑事，井井有条理。
我心固甚忙，缓急非由己。
姑且娱目前，微吟弄笔纸。
恬然趣有余，且漫筹行止。
晚菘如碧玉，豆甲如兰茁。
新炊黄米饭，净洁而丰饶。
红虾颇轮囷，色作琥珀娇。
厨人亦解事，盐豉工和调。
口不言珍错，手不惯烹炮。
主人顾之乐，饱食情陶陶。
费省而适意，吾亦爱吾庖。
老仆颇愿谨，皤然眉与须。
生长万山中，僻在黔一隅。
去岁侍我来，喁喁泣妻孥。
老仆奋不顾，努力为前驱。
自蜀而之楚，自楚而之吴。

山东达畿辅，历历观名区。

每至大省会，瞻玩如孩孺。

今冬抵潞郡，咫尺亲皇都。

主人与之钱，饬令游九衢。

归来大欢喜，手画而口摹。

人生事难料，垂老见所无。

念彼为气旺，迟暮何嗟吁？

是日灯后，耿薇馨来寓，接家霁桥手信，即留薇馨便饭住宿。姚安等自京回。接梅伯言手书，并跋日记一则、《表异记》一部。吏部事殊费筹画。凡事不存成见，度德量力而行之，不必热中自苦也。

十月初一日

辰起，送耿薇馨回京。午刻，接李燕堂手书，再付五十两。

初二日

寓中料理琐事。同事某买黄连三百斤，带至京，以为奇货可居，乃竟亏本百余金，此与云南委员某买杉板一样图利而反赔。盖京师近日银钱艰窘，谁肯市不急之物耶！此事予早见及。前在泸州，会为袁船户剀切道之，亦多言之一中也，可以为嗜利之戒。北风苦寒，即景得一诗：

严寒不见日，惨淡北风天。

昼短门窗暗，宵长刻漏樫。

诗书差有味，灯火静生烟。

十日才长至，无聊况客边。

初三日

辰起，无事。小立店门外，北风大作，寒不可当。纪之以诗：

疾风卷黄尘，来若偏师猛。

我适立门外，凛然为缩颈。

重裘若絺葛，透若针脱颖。

顿使肌肤僵，畏之思退屏。

我性最强项，从容又少顷。

彼若恶不逊，大吼势愈逞。

如以大征小，不容险走挺。

如以卵压石，不许微作梗。

我亦意少倦，归齐暂息省。

须臾彼力微，天日照炯炯。

小人无百年，还我暇以整。

是日，作书。呵冻苦寒，围炉默坐，讽咏所记杜诗、陆诗，互相校证。杜之工者，陆所不能；陆之工者，杜亦不能。陆多完整成篇，杜则全集累拙者十之六七，然其完整之作，比陆之完整者又十倍精工矣！此天性使然，二公皆出之无心也。

初四日

天晴，寓舍读书作字。书信复梅伯言，小红柬五页，内多肝膈妄言，亦自喜也。是晚，见新月。得一诗：

开帘惊见月，曲曲一弯新。
于役已经岁，思归又一旬。
余光斜入户，侧影近窥邻。
立久清寒逼，还围炉火亲。

初五日

辰起，天气晴朗。湖广船一只，求写明春回南生意。嘱姚安且从缓，俟引见后再定。连日风霾，苦寒，今日晴暖。喜而有作：

巡檐欣就暖，何必有梅花？
爱日斜依柱，寻香细味茶。
曝阶苏倦仆，点瓦晒寒鸦。
屡得平安信，无须苦忆家。

上灯时，即事口占：

至前短景隙驹过，暝色苍然奈客何。
一砚一灯一枝笔，惬心理趣古书多。

初六日

辰起，遣李升赴铅局一看曾否开车。此等公事，部员与坐粮厅，视之在若有若无之间。不顾期限严迫，不念委员赔累付之，悠悠任小吏弄权而已。入冬来，半夜不寐，点灯吃茶，几成日例。昨日意有所触，披衣起坐，纪之以诗：

半夜不成寐，肃然起着衣。
有怀千古事，自笑一身微。
讳病愈真误，迎医悔却非。
杞人诚过虑，肉食早知几。

初七日

李升回，言铅斤自初三日开车，尚有二千之数未完，计初十日内可以全数到部。是日，天气晴暖。

初八日

大风苦寒，寓中围炉静坐，殊闷闷，勉呵冻作字一纸。是日灯下，利濬至自家，备知家中近况，诸事俱属顺妥。并闻小五弟之次子已抱过，为雇乳媪。冀其成立，尽吾力所能为，毫无私心偏见。

初九日

辰起。苦寒。令利濬休息一天，明日与存少柏送信，并托办一切。

初十日

辰起。利濬进城，遣姚安跟去。是日，天气晴而苦寒。静念琐事亦懊悔，亦欣幸有天命，非人思议所能及。

十一日

辰起。遣李升、萧贵赴铅局催促赶紧开车，此办事人懈怠之故也。小人不可假以词色如此。冋利濬见存少柏世兄与户部司务同年某，一切言语筹画。教官之职，竟不能捐。免眼前拮据，消小人忌嫉，亦不可谓非计。功名迟速，看命运何如耳！

十二日

驱车赴京，住晋隆店。晤陈部书，言户部引见事宜。

十三日

晤冯部书，言吏部引见事。

十四日

至家霁桥官宅，谈少时。童云逵拜会，长谈去。冯部书回拜，言定一切，各须如约。

十五日

至大理少卿李梦韶先生官宅，前贵州臬使也。谈黔中近事。方柏心拜会，长谈。

十六日

李梦韶先生答拜，长谈。是日，遣刘升回通州。

十七日

诣工部，交兑营操黑铅七千五百斤。小人舞弊，啧有烦言，含糊答应，免生事端。

十八日

赴梦韶先生之招。座中晤但云湖转运，以失察库银革职，捐输二万金，得加运司衔。

十九日

梅伯言至店长谈。

二十日

留成怡堂、陈炳堂便饭。

二十一日

辰起，诣宝源局，交兑白铅三十六万二千九百七十八斤八两，一切俱妥顺。

二十二日

湖南某孝廉以所著书来见。穿凿无味，自命不凡，皓首穷经，而不通如此。还之。

二十三日

梅伯言送少穆先生诗石刻至店。书法极佳，诗亦清妥。

二十四日

成怡堂邀食便饭，为终日之谈。

二十五日

同方柏心诣宝泉局点验白铅。申正时回店。是日，李升至自通州，问讯公馆一切事宜，俱妥。

二十六日

邀方柏心便饭。

二十七日

辰起赴宝泉局，交兑白铅七十三万五千斤。竭终日之力，幸都妥顺。画押回店，铅差完矣！如行十里，释重负。

二十八日

成怡堂至店。长谈。去。

二十九日

店中苦闲。步行琉璃厂。买得米帖三种、陶诗一本，极佳。展玩留连，二鼓后始睡。

十二月初一日

午刻清算店账，诣户部验到。此后静候引见而已。是日，回通州，一切妥适。

初二日

余五十六岁初度也。小备酒肴，与利濬谈家事。家人辈，各予酒馔，使尽欢而罢。

初三日

寓中料理琐事，作字看书。

初四日

天气晴暖，作字看书。

初五日

辰起。念铅差已竣，即事书怀：

腊初化日渐舒长，草草劳人暂解装。

负重身如牛马走，息肩心似水云凉。

三年远道经盘错，万里微臣许对扬。

寄语貂蝉堂上客，国储无再失隄防。

时失察库银之案，部议极严。各官计数赔交，仍不准开复原官。勒限内再不完缴，即监追。刘升自京回通，冯部书将拿获要犯调取引见题本带来一看。

初六日

遣利濬回家。年底琐事，急须料理，嘱以一切斟酌办理。遣刘升仍回京，答冯部书之信。李梦韶先生、梅伯言、福大少爷俱至晋隆店，适以回通，未会。是日，李燕堂自京来，为余铅事，部文到急须办理。

初七日

辰刻，留李燕堂早饭。午刻，为人书画。晚刻，刘升等自京回。知利濬已于辰刻雇车旋易。

初八日

李某到寓，同结算领项。俟户部实收到，再找足。小人嗜利无厌，不道破其诈不休也，恰又一船户伎俩。是日，晴暖。为人书画。

初九日

辰起。天气晴暖。作书。昨日李燕堂来，言部中需索之繁。差事已完，而濡滞羁留，尚须久住。感而有作：

劳劳卒岁滞京华，手捧爰书屡自嗟。

刀笔有灵官畏吏，飞腾无计客为家。

未消妄念中流柱，自笑微名不食瓜。

幸有娱人书数卷，夜灯红处朗如霞。

计利濬今日到家矣！勖之以诗，却寄苏园：

百里趋庭又一行，计自清江浦，至天津，至通州，凡三度来省侍。殷拳叮嘱记分明。

持家久计无如俭，励学真传在有恒。

薄宦归装稀土物，付之先集十部，白米四斗。而翁习气本书生。

残年合室欢相聚，应念征人滞远征。

初十日

辰起。作书。是日作书凡十二幅。

十一日

辰起。作字，以近得米帖极佳。饭后，陈部书专丁来，言十三日引见。明日须起身赴京，料理琐琐，嘱丁役人等小心。

十二日

辰起。驱车进城。寓内东华门外理藩院朝房。晤云南建水令张云屏，名锦，江南人。长谈颇不寂寞。彼亦运铜至京同引见者。

十三日

五鼓起，着常衣冠，挂珠。恭诣乾清门待漏。卯初，皇上御养心殿。户部衙门司官，带领引见。恭纪七律一章：

养心殿外立从容，远官居然近侍同。

自分江湖终画虎，甲辰四运得与引见者，只臣一人。何期阊阖仰飞龙。

九重天近陈微绩，口奏履历。末句“领运京铅，依限交清”。六出花飘惬圣衷。大雪盈尺时，方虔祈雪泽。

顷刻传宣恩诏下，例同卓荐励群工。户部引见，咨至吏部。旨：“准其归入卓异班，俟到班，先尽升用，钦此。”

图书在版编目（CIP）数据

贵州古近代名人日记丛刊. 第四辑 / 祝童点校. --
贵阳 : 贵州人民出版社, 2019.3
ISBN 978-7-221-13995-5

Ⅰ. ①贵… Ⅱ. ①祝… Ⅲ. ①日记－作品集－中国－古代②日记－作品集－中国－近代 Ⅳ. ①I26

中国版本图书馆CIP数据核字(2017)第041483号

贵州古近代名人日记丛刊·第四辑

祝　童　点校

责任编辑	刘泽海　黄　伟
版式设计	陈　电
出版发行	贵州出版集团　贵州人民出版社有限公司
印　　刷	深圳市新联美术印刷有限公司
规　　格	889×1194mm　1/32
字　　数	130千字
印　　张	6.75
版　　次	2019年3月第1版
印　　次	2019年3月第1次印刷
书　　号	ISBN 978-7-221-13995-5
定　　价	38.00元